U0005258

裝模作樣膽小鬼

鈴木智子◎圖文
常純敏◎譯

我是裝模作樣膽小鬼。

智子

為了芝麻小事而忐忑不安、七上八下。

將平凡的日常生活搞成一場大冒險的超級膽小鬼。

可是，有時也很好強。

對電話和香菇很棘手。

裝模作樣膽小鬼 目次

1章 chapter one

2章 chapter two

5章
chapter five

6章
chapter six

chapter 1

膽小鬼的早◆中◆晚

膽小鬼的早·中

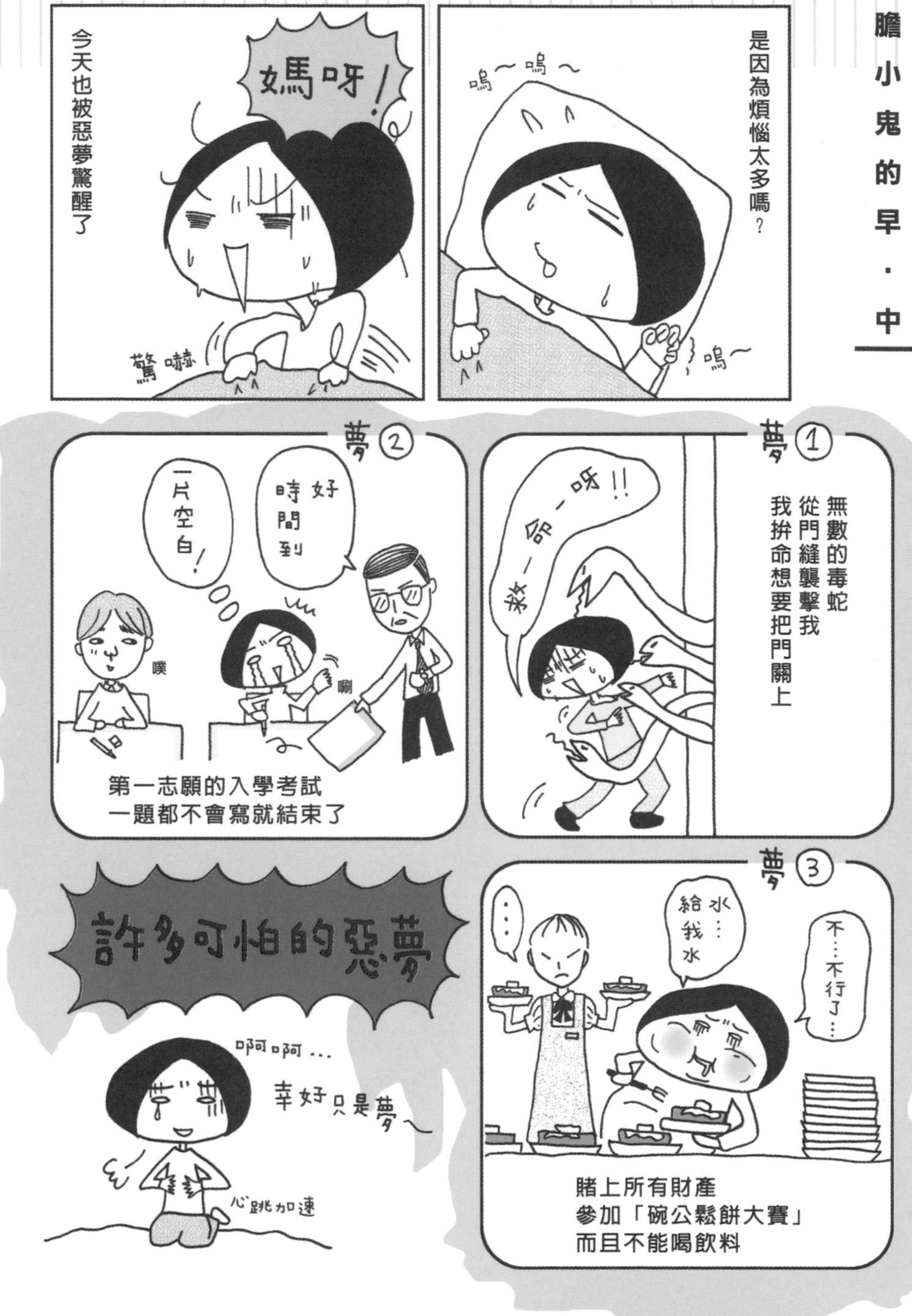
是因為煩惱太多嗎？
嗚～嗚～
嗚～
今天也被惡夢驚醒了
媽呀！
驚嚇
夢①
無數的毒蛇
從門縫襲擊我
我拚命想要把門關上
救－命－呀!!
夢②
好時間到
一片空白！
噗
唰
第一志願的入學考試
一題都不會寫就結束了
夢③
…
給水…我水
不…不行了…
賭上所有財產
參加「碗公鬆餅大賽」
而且不能喝飲料
許多可怕的惡夢
啊啊…
幸好只是夢～
心跳加速

超過中午
才起床的時候
呵~
好刺眼…
咦!?
12點!!
現在…大家
都在工作吧…
ピッ
午-休-時間
開開心心
WATCHING
被小小的罪惡感侵襲
如果是吃早餐
即使卡路里高一點
我也覺得沒有關係
「早上可以
吃甜食」
我擅自訂了
這規則。
奶油
甜甜圈
有蔬菜汁
就萬無一失!
不錯過任何
流行的健康食品。
黃綠
兒茶素
為了讓自己安心,
經常服用維他命與
滋補劑
巧克力
麵包
POTATO
我對「減肥」、「健康」
這類字眼缺乏抵抗力

天蠍座
嚇
很抱歉
今天的掃把星是
天蠍座的你！
今日占卜
排行榜！
AB型
今天的
倒楣鬼是
AB型！
這種小事
別放在心上
ピッ
完全信以為真
陰沉
幸運物是
粉紅色的手帕啊⋯⋯
抄筆記
還是不忘

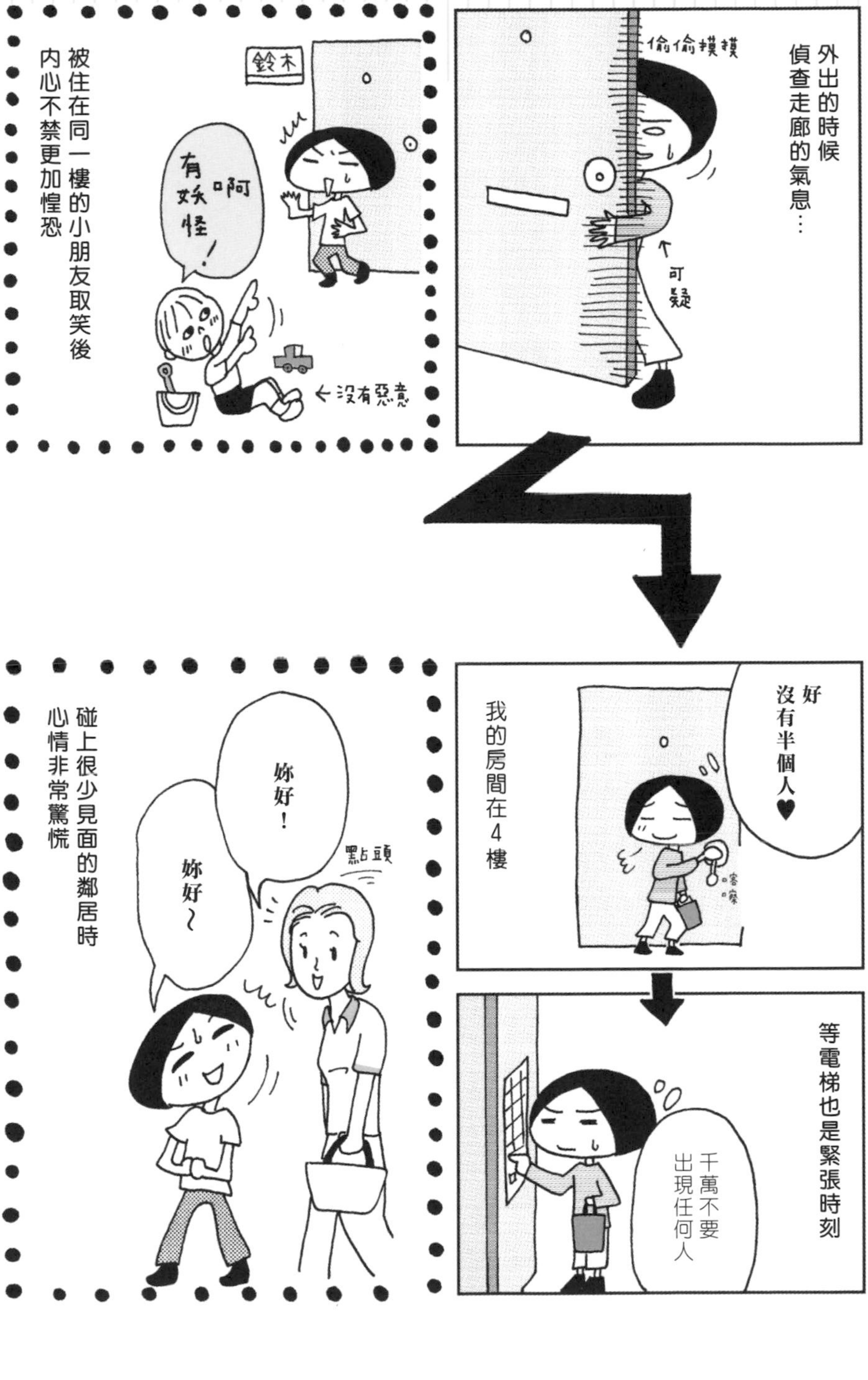
外出的時候
偵查走廊的氣息…
偷偷摸摸
可疑
被住在同一樓的小朋友取笑後
內心不禁更加惶恐
鈴木
啊
有妖怪！
←沒有惡意
我的房間在4樓
好
沒有半個人♥
喀嚓
等電梯也是緊張時刻
千萬不要
出現任何人
碰上很少見面的鄰居時
心情非常驚慌
妳好！
妳好～
點頭

坐公車
也相當辛苦
公車
△站前
緊緊握住
100
10
100
搭車零錢！
盡量
避免在門口磨磨蹭蹭
呃
百元硬幣……
哎呀？
緊張
緊張
平安上車
度過寧靜的時光
卻也只是暫時性的
東張
西望

下一站是○×站前
○×站前
心跳加速
下車鈴
下車乘客,
請按這個鈕
掌握不住按下車鈴的正確時機!
下車乘客
請按附近的
下車鈴告知
好!就是現在!
媽咪~我按到了~
叮-咚-
哎呀~真是乖寶寶~♥
被搶先一步!
一旦錯過按鈴時機
總覺得很糗
抓抓腦袋
假裝什麼事都沒發生……
抓抓抓

電車上也隱藏許多
忐忑不安與七上八下的事
第一個
自動驗票口很可怕
!
叮咚——咚
啪噹
—進入電車
即使佔到最佳地點
靠著桿子真輕鬆哪~
一下子就從地盤爭奪戰敗陣
咚
咚

電車中　猶豫的瞬間

①被踩了一腳
卻向對方道歉的時候
對不起
②想要讓座
卻難以啓齒的時候
年紀好像
沒有那麼老吧!?
讓座搞不好很失禮⋯
萬一被拒絕
就糗斃了⋯
說不定下一站
就下車了呢
啊啊⋯
③不知為何
只有自己旁邊的座位
一直沒人坐的時候⋯
我
很臭嗎!?
莫非這個
位子有什麼
不對勁⋯
嗅嗅

抵達目的地之後
在洶湧的人群中
盡量快步通行
啊！推銷員
喂喂—
看見怪叔叔的時候
就假裝打電話

遇上面紙配發員
也很緊張
您—好—
平安接觸
…對不起
我不需要
平安接觸
根本不在乎
又沒有做壞事
不知為何卻開口道歉…

—前一陣子的事
今天真是神清氣爽哪～
因為心情很好
他們很努力地在打工呢—
多管閒事
於是很積極地接收對方的面紙和傳單

或許是看準了我的態度「配發員」們紛紛以我為目標
他們大概認定「這ㄚ頭很好上手」
……
抱著堆積如山的面紙內心有一點後悔
還硬塞到我袋子裡

人潮中的尷尬瞬間

跟擦身而過的人
朝相同方向
靠過去的時候
啊
失敗!
颼
颼

發現還沒熟到
可以主動招呼的人的時候
要假裝沒發現嗎!?
還是應該打招呼?
別往這裡看呀~
猶豫
in my mind!

為了讓這樣的我
不會在人潮中
感到猶豫的點子！
ネタ帳
點子1 簡單手段PART I
總是把帽子壓得低低的
不要對上任何人的目光……
フフフ…
點子2 簡單手段PART II
總是戴著耳機
隔絕外界接觸
可以變得更堅強！
隔絕外界聲音
點子3 終極手段
撐傘
快要發生事情時
只要將傘撐得低低的
就可以與世隔絕！
啊—安心♥
特別招數
雖然只有一次
因為我快感冒了
所以還戴上口罩!!
雖然很安心……
會不會太怪？
即使打扮成這副模樣
最後還是被朋友發現……

夜晚出遊篇

抱歉
等很久了嗎?
不…
沒的事
我介紹一下♥
這是我公司的同期同事!
……咦?
笑容滿面
妳好!
…你好
我最怕有陌生人在場的聚會
何必
突然帶陌生人來...
極度沮喪
需要很長的時間才能恢復心情
好
咱們走吧—!
陌生人
我
陌生人
為何被陌生人包圍?

智子！這個妳也愛吃吧
嗯…
嗯
我是飼料雞…？
每次有愛照顧人的朋友在場就忍不住吃太多
妳呀——長得好像栗子耶？
栗…!?
嘰哩呱啦
告訴妳喔～很多人都說我長得很像坂口憲二呢～
呃…啊啊 這麼一說 的確有點像 眼睛附近…之類的
就說吧——對吧——！
——怕生歸怕生 我的態度還算親切

對不起
我離開一下
雖然喜歡喝酒
但是很怕喝過頭
頻頻跑到廁所
toilet
好！
對著鏡子自我檢查！
好—
還沒有醉
再喝1杯就好
搖搖晃晃～
……這種安心感
最後導致爛醉
如果離開太久
對方就會懷疑
我在搞什麼鬼
於是匆匆忙忙趕回去—
就假裝
剛才在
傳簡訊吧—
哇哈哈哈
可是眾人已陷入
瘋狂狀態……
耶!
嘻—
哇—
啪啦啪
乎乾啦
啪啦啪
乾杯!
好想要回家!!

好～咱們去第二攤吧!!
栗子妹妹也會參加嘛～
栗子!?
呃…不…我明天要早起
好～就決定大夥一起去唱卡拉OK！
…沒人理我…
…結果回不了家…
卡拉OK當然也有許多弱點
弱點① 難以抉擇自己要唱哪一首
不能太快秀出看家本領 也不能顯得太過投入… 可是又想讓大家見識我的實力 唔— 怎麼辦…
好了嗎？
歌后 快唱呀—
歌后—
—就算選好歌曲
失敗了？
CHANCE
悸動的心
弱點② 旁人的反應要是很平淡，就非常心虛
……
除此之外
弱點③ 無法忍受過長的前奏或間奏忍不住快轉甚至切歌
噗
〈間奏〉
嗶
咦!!
繼續唱啊—
弱點④ 無法掌握上廁所的時機
瘋狂熱唱!!
現在離開包廂好像不太好…
磨蹭
磨蹭

終於結束了!
好 差不多該結帳囉
晚安
晚安
掰
解散後
疲倦跟醉意猛然升起

夜路上的事件

已經這麼晚了呀~
被跟蹤了嗎!?
媽呀!
自我意識極端過剩
咦…?
颼

Z～Z－Z－Z－
AM 1:00
Z－Z－Z－
AM 2:00
Z－Z－Z－Z－
AM 3:00
Z～Z～
AM 4:00
Z～
AM 5:00
接下來～國王呢～
跟3號親親！
哇咧閉嘴～
3號
AM 6:00
哧赫
⋯第二天早上又被惡夢驚醒了
我好像參加聚會了⋯
完全沒有記憶⋯
黑一塊
睫毛膏沒有卸⋯果然喝醉了啊
昨天究竟幹了什麼好事⋯什麼都沒做吧？我是怎麼回家的呢⋯
焦慮不安
呵呵呵呵呵呵～
第二天早上除了宿醉還有反省&後悔想要問問在場的友人自己有什麼失態的舉動！⋯可是內心恐懼不已！每次都會發誓以後再也不亂喝酒了

想要早起的時候，

準備兩個鬧鐘。

錯誤的使用方法……？
嗶
嗶

膽小鬼的裝模作樣格言

膽小鬼，
對芝麻小事忽喜忽憂。

←

是故，
每天都很刺激！

chapter 2

膽小鬼的Shopping

好—今天要購物囉—！
「認真購物日」
「認真購物日」的意思就是…
準備① 徹底檢查＆大量購買書店的流行雜誌！
嗚哇——っ 好可愛喲♡
anan
ELLE
MORE
oggi
準備② 熟讀雜誌＆製作剪貼簿！
叩阿！這個！好可愛～
我也好想到這間店～
購物清單
←明顯買太多了
超有成就感!!
這個真是傑作呢！…搞不好可以賣錢!?
…自我滿足
SHOP
準備③ 針對「那一天」進行幻想練習！
帽子～裙子～還有約會可以穿的洋裝
又沒有對象
5月
叩阿！也買雙鞋子吧
經過上述繁雜的準備工作之後進行誠心誠意的購物行為
好—來提大筆現金囉～
○○銀行
ATM

今天打算
買很多東西
所以提5萬日幣…
嗶
嗶
哎…
果然太多了嗎!?
提3萬左右
就好嗎?
不…
還是該鼓起勇氣
提5萬!?
抖
糟糕!
大排長龍!!
呃…唉
不管了!
嘿

——最後提了
4萬8千圓…
不上不下…
這種無法前進5萬圓大關的地方
正是徹頭徹尾的膽小鬼…

順道一提...
如果提太多
怎麼辦?
提太多了?
被偷的話
就完了
妄想
如果提太少
會不會不夠!?

洋裝店

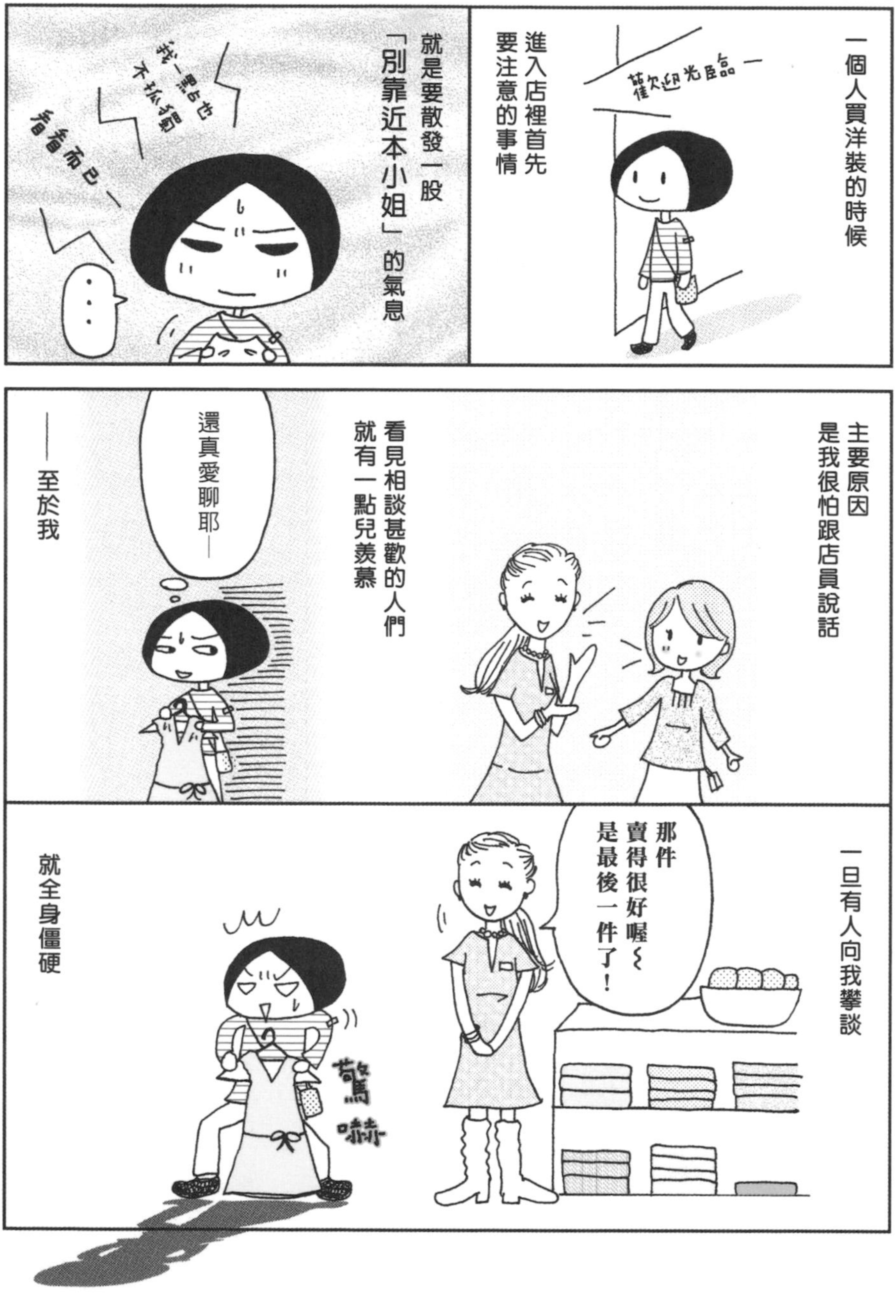
一個人買洋裝的時候
歡迎光臨—
進入店裡首先要注意的事情
就是要散發一股「別靠近本小姐」的氣息
我一點也不孤獨
看看而已～
…
主要原因是我很怕跟店員說話
看見相談甚歡的人們就有一點兒羨慕
還真愛聊耶—
——至於我
一旦有人向我攀談
那件賣得很好喔～是最後一件了！
就全身僵硬
驚嚇

膽小鬼下定決心的過程
商品昂貴的時候
怎麼辦— 好可愛耶 可是好貴…
這個還是買下來吧…
不真的好嗎？嗯…
①開始自問自答大會
②思考購買的正當理由
小型派對時也可以穿呀！
根本沒有那種派對→
給自己的一點獎勵!!
一天到晚都在給→
好像跟上次買的很搭
多半是自己想太多
嗯嗯
穿上這個搞不好忽然會很受歡迎！
妄想…
結果
我要買這件！
多巴胺大分泌
—因衝動買了下來
謝謝光臨
咦!? 洋裝就要4萬日幣!?
付帳後才恢復神智

帽子店

多巴胺大分泌的「衝動購物」
其中我最常購買的就是—
帽子！
至於理由…
一、光是戴起來就很時髦（的感覺）
二、可以輕鬆顯露個性（的感覺）
三、比洋裝便宜（的錯覺）
四、試戴很方便！（這個很重要）
喔！可愛的帽子～
試戴以前先確認店員沒有看見！
張望
張望
偷偷摸摸
因為不好意思直視鏡子所以瞇眼偷看
又因衝動買了下來
多巴胺再度大量分泌
HAT
可是冷靜之後
仔細一想戴帽子的機會不多
而且因為過度追求個性
好像老是買一些
被朋友吐槽
「這個好怪耶」的帽子…

糊裡糊塗的收藏品

※「　」是朋友的評語

藍色海馬毛
「黴菌？」
英倫復古風
「魔術師？」
貝雷帽
「橡實？」
頭巾型
「海盜？」
手織風
「哈密瓜？」
藝術家風
「史力奇？」
毛茸茸
「俄羅斯？」
白色毛線帽
「剛出生的小雞？」
休閒風
←寬度
50cm→
「礙事……」
糊塗帽收藏
第1名！
對不起…只有戴了一次而已…
結局
真可愛耶～今天就戴這出門吧
家
失敗
……不行 感受到別人的視線
外

個性精品店

最近很受歡迎店面
雖然不大
可是充滿了
店主個性的店家
利用舊公寓的房間
或者民家改裝
而成隱密風格
十分吸引人…
可是非常難以進入！
Small Shop
OPEN
好可怕喲～
OPEN
心跳加速
悄悄開門
個性店主
…
…
一對一!!
——無法言喻的緊張感！
ABC
一定得買個東西才行…
內心只剩下這個念頭
在店裡繞來繞去
張望
張望
拚命
ABC
有什麼
可以買的…
有什麼…
啊!!那個…

北歐風格
(大概吧)
木製獅子的擺飾
小小一個
應該很便宜!
如果是這個
就算被迫買下
好像也不錯呢~
¥8500
嘎!?
……好貴……
果然是個性商店
價格也不容小覷
啊
特價品!
500円
SALE!!
呼
這個就買得起了!
美國製
鼻型橡皮擦
用不到啦!
絕對不可能用
消沉
…
結果我什麼都沒買
就離開了那間店
內心充滿了歉意—
ABC
累死人了……
砰咚
踉蹌

日常Shopping　超市

在超市購物
跟店員的接觸不多
非常輕鬆
週三特賣
不過還是
有很棘手的地方
我很怕試吃推銷
歡迎
試吃看看
好像
很好吃！可是
不好意思吃…
颼
身體自然而然地閃避
吃吃看吧！
新上市!!
維也納
香腸
298圓
一旦不小心吃了
謝謝惠顧！
……
維也納香腸
就一定會購買
主要理由是
對銷售員「不好意思」…

我很怕結帳

我不擅長偷塑膠袋

便利商店

喔！戀情曝光！真令人在意～看一下吧！
禁止在店内閱讀！
啊呵
……警告標語很可怕
店裡的客人如果只剩下自己
謝謝光臨～
啊呵！
陷入驚慌!!（店員3人對我1人！）
快步離去
如果什麼都沒買就出去的話搞不好會被認為是順手牽羊!?
——結果無可奈何之餘買了用不到的東西…
洋芋片
奶油麵包

我家附近的便利商店店長（估計56歲）很愛聊天
← 老顧客專用寒暄
好久不見啦 去了哪裡嗎？
他也經常對顧客攀談
古老的經商手法？
呃… 不… 有點事
喔—是嗎~
一輪到我結帳就非常緊張
好討厭喔~ 不知道會問我什麼~
健康瘦身
砰咚
喝這個會變瘦嗎？
咦!?
—實在太過唐突!!
我… 我想變瘦
↑不禁說了實話
喔
↑好像沒什麼興趣
下次絕對要好好跟對方溝通！雖然內心這麼想 卻發現自己提不起勁去那間店了
無精打采…

錢花光就開始反省。

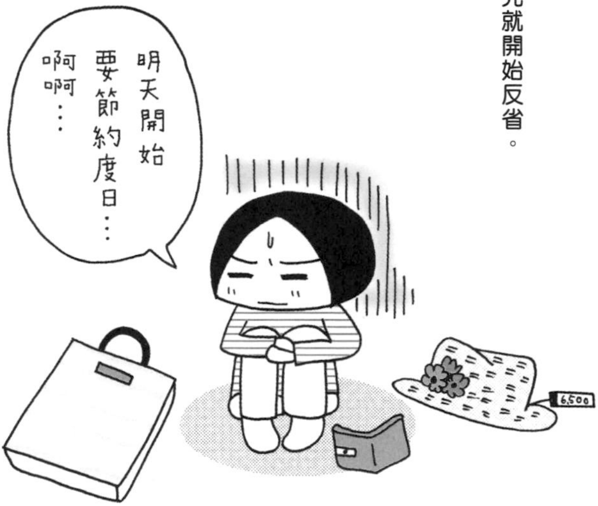
明天開始
要節約度日……
啊啊……
6,500

錢剩太多也會反省……

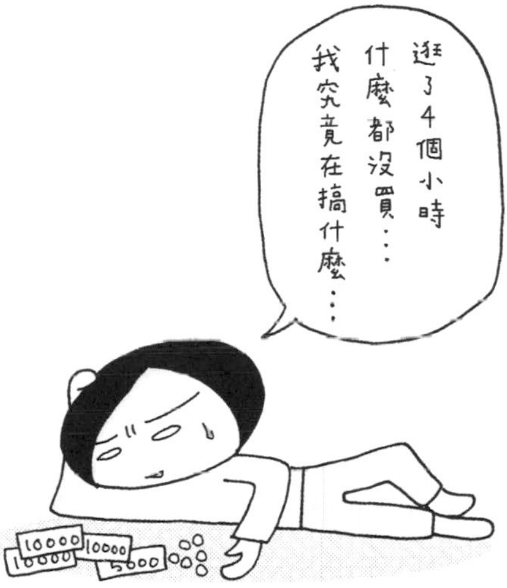
逛了4個小時
什麼都沒買…
我究竟在搞什麼…

膽小鬼的裝模作樣格言

膽小鬼，
再三考慮後
決定貿然行事。

←

是故，可以有
出乎意料的發現！

日常生活小忐忑

在電車上聽音樂的時候
總是不禁在意的事情
莫非歐吉桑生氣了？我很吵嗎？
就是耳機音量的問題
咳
咳
咳
哎～感冒一直治不好呢！
再轉小聲一點兒吧…
怕
怕
總覺得…音樂好像聽不太清楚
最後保持在自己可以安心的「音量3」
Volume 3

日常生活小忐忑

chapter 3

膽小鬼的午餐時間

真正感覺自己「變成大人了呢～」
吃什麼好呢—
是可以一個人到外面用餐的時候
中華 ○△×
Café Pony
在這裡吃吧…
偷瞄
好像很閒的店員
沒有半個客人！
肯定是有什麼原因…
轉頭
我也有這種回憶
我做了什麼？有深仇大恨？
徹底失敗—真想早點離開啊…
哼—
呼咚—
每次選店家都非常謹慎
握拳

廣　告　回　郵
北區郵政管理局登記證北台字1764號
免　貼　郵　票

From：地址：..

姓名：..

To：**大田出版有限公司　編輯部收**

地址：台北市 104 中山北路二段 26 巷 2 號 2 樓
電話：（02）23696315-6　傳真：（02）23691275
E-mail：titan3@ms22.hinet.net

大田精美小禮物等著你！

只要在回函卡背面留下正確的姓名、E-mail和聯絡地址，
並寄回大田出版社，
你有機會得到大田精美的小禮物！
得獎名單每雙月10日，
將公布於大田出版「編輯病」部落格，
請密切注意！

大田編輯病部落格：http://titan3.pixnet.net/blog/

wawa ◎繪圖

讀　者　回　函

你可能是各種年齡、各種職業、各種學校、各種收入的代表，
這些社會身分雖然不重要，但是，我們希望在下一本書中也能找到你。
名字／＿＿＿＿＿＿＿ 性別／□女 □男　出生／＿＿＿＿年＿＿＿月＿＿＿日
教育程度／
職業：□ 學生□ 教師□ 內勤職員□ 家庭主婦 □ SOHO族□ 企業主管
□ 服務業□ 製造業□ 醫藥護理□ 軍警□ 資訊業□ 銷售業務
□ 其他＿＿＿＿＿＿＿＿＿＿＿＿＿＿＿＿＿＿＿
E-mail/＿＿＿＿＿＿＿＿＿＿＿＿＿＿＿＿ 電話／＿＿＿＿＿＿＿＿＿
聯絡地址：
你如何發現這本書的？　書名：
□書店閒逛時＿＿＿＿書店 □不小心在網路書站看到（哪一家網路書店？）＿＿＿＿
□朋友的男朋友(女朋友)灑狗血推薦 □大田電子報或編輯病部落格 □大田FB粉絲專頁
□部落格版主推薦＿＿＿＿＿＿＿＿＿＿＿＿＿＿＿＿＿＿＿
□其他各種可能，是編輯沒想到的＿＿＿＿＿＿＿＿＿＿＿＿＿＿
你或許常常愛上新的咖啡廣告、新的偶像明星、新的衣服、新的香水……
但是，你怎麼愛上一本新書的？
□我覺得還滿便宜的啦！ □我被內容感動 □我對本書作者的作品有蒐集癖
□我最喜歡有贈品的書 □老實講「貴出版社」的整體包裝還滿合我意的 □以上皆非
□可能還有其他說法，請告訴我們你的說法
＿＿＿＿＿＿＿＿＿＿＿＿＿＿＿＿＿＿＿＿＿＿＿＿＿＿＿＿＿＿
你一定有不同凡響的閱讀嗜好，請告訴我們：
□哲學 □心理學 □宗教 □自然生態 □流行趨勢 □醫療保健 □ 財經企管□ 史地□ 傳記
□ 文學□ 散文□ 原住民 □ 小說□ 親子叢書□ 休閒旅遊□ 其他＿＿＿＿＿＿＿
你對於紙本書以及電子書一起出版時，你會先選擇購買
□ 紙本書□ 電子書□ 其他＿＿＿＿＿＿＿＿＿＿＿＿＿＿＿＿＿＿＿
如果本書出版電子版，你會購買嗎？
□ 會□ 不會□ 其他＿＿＿＿＿＿＿＿＿＿＿＿＿＿＿＿＿＿＿＿
你認為電子書有哪些品項讓你想要購買？
□ 純文學小說□ 輕小說□ 圖文書□ 旅遊資訊□ 心理勵志□ 語言學習□ 美容保養
□ 服裝搭配□ 攝影□ 寵物□ 其他＿＿＿＿＿＿＿＿＿＿＿＿＿＿
請說出對本書的其他意見：

大田出版有限公司編輯部 感謝您！

膽小鬼的
還有
主觀檢查！
「這類店家也難以進入」
① 看不清楚室內情況的店家
瞌睡茶坊
窗簾
營業
裡面究竟在搞什麼鬼？
② 店員格外熱情招攬的店家
歡迎索取
歡迎光臨！
歡迎索取
免費餐券喲！
別看我啊…
精力都被吸光了…
③ 菜單上沒有寫價格的店家
Menu
・特製咖哩
特製義大利麵
時令沙拉
濃湯套餐
手工麵包
本日魚&肉
結帳時可能會被小太保勒索…？
想太多
OPEN
明亮的氣氛…
客人數量也剛剛好
應該不錯…
OPEN
跟店員對上視線了!!
這麼一來就無路可逃了
…就在這裡吃吧

OPEN
歡迎光臨～請問有幾位？
一個人
為語氣堅毅的自己鼓掌叫好
決定餐點後請呼喚我
MENU
決定餐點是真正關鍵
漢堡肉好像很好吃！
真實的心聲
…可是卡路里很高健康一點的比較好嗎？
對美的意識
跟錢包商量
商業午餐比較便宜嗎？
一個女生大口吃肉會不會很難看？
自我意識過剩
MENU
香一噴一噴
左思右想之後最想吃的那道餐點再度浮現腦海！衝動之下終於決定點漢堡肉
MENU
果然好好吃呢！
對不起

……
無動於衷
嗒嗒嗒嗒
應該只是碰巧沒聽見吧…
一旦被漠視就有一種想哭的感覺
再一次出聲叫喚需要比剛才更多的勇氣
對對不起—
好—請稍待片刻
與店員交流成功總算鬆了一口氣
小題大作
店員來以前在心中複誦菜單
漢堡肉套餐飲料嘛呃…冰紅茶
MENU
可是這時又被其他餐點吸引再度陷入迷惑也是很困擾的事
焗烤也很難割捨耶~
怎麼辦！~
忽然好想吃喔~
請問您要點什麼？

漢堡肉套餐還有冰紅茶謝謝
您的套餐要選米飯還是麵包？
口若懸河
呃…米飯
因為超乎預期的發展而驚慌
您的飲料要什麼時候上？
我們的沙拉有森林樵木風味跟綜合南島風味您要選哪一種？
冰紅茶檸檬口味的可以嗎？
…對點餐時的問題越來越不知所措的我
森林樵木…？南島是啥!? 餐前的話待會會口渴..用餐中比較好嗎? 該怎麼說才好…「一起上」?
為了掩飾內心的慌亂
冰檸檬紅茶餐後上沙拉要綜合南島風味
語氣僵硬
請稍待片刻
呼

可是
最讓人
擔心的事
現在才開始
…　…

我不喜歡
被別人當成
「遊手好閒的孤獨女」！
窸窣
窸窣

「我不是遊手好閒」的各種強調法

1
沉迷於閱讀
手裡拿著書本or雜誌
默默埋首閱讀、
強調自己在
有效利用時間。
看起來很聰明(自以為)
一石二鳥♥
2
不斷檢查手機簡訊
有夠白痴的文章…！
無意義地重新閱讀
以前的簡訊，熬過
上菜時間
不敢玩電動或
i-mode以免
手機沒電。
也有經常被自己的簡訊嚇到…
3
專心寫筆記
寫寫工作的點子、塗塗鴉、製作
購物清單，致力塑造「認真的
女人最美麗♡」的印象。
專心過頭反而很奇怪ㄟ
4
沒有帶任何東西時…
熟讀菜單
假裝一副興致勃勃
的樣子！另外也可以
閱讀牆壁
上的海報、
總之裝出
「做某件事」
的模樣。
嗯嗯嗯
MENU
其實
我也曉得
根本沒有人
注意我…
…

讓您久等了
這是您的漢堡肉套餐
於是——
開始瞄準目標!!
擴大圖
漢堡肉
荷包蛋
薯條
紅蘿蔔
嫩煎香菇
「瞄準目標」的意思就是…
區分喜歡的食物跟討厭的食物
規劃出滿足度最高的食用順序
是本小姐的專用語
首先解決討厭度No.1的嫩煎香菇…
交替食用蔬菜跟漢堡…
最喜歡的荷包蛋蛋黃留到最後品嚐!
瞄準目標中!
——那麼先吃香菇!
…我最討厭菇類氣味、口感、形狀全部都很討厭
可是一方面捨不得剩下
再加上營養豐富
我也盡量努力吃完
抖
抖

張嘴
咳下
嗚喔～～～好痛苦！
果然沒辦法!!
可是
也不能吐出來！
智子加油呀!!
香菇
不但有豐富的纖維！
也有瘦身效果！
對自己灌迷湯
討厭的食物
拚命
灌水吞下
前往美食的過程
非常艱辛
咕嚕
咕嚕
替您加水
請慢用
謝謝…
沒有主動叫她
卻在絕妙的時間點
前來替我加水
簡直就像天使般的店員

…差不多吃飽了
咀嚼
咀嚼
這家店的店員人很好
剩下來也不好意思~
可是…已經吃不下了…
對不起…我不行了！
下定決心之後現在才是發揮本領的時刻
張望
張望
鏗鏘
鏗鏘
好！完成！
匯集在單一地方看起來變少了！
偷偷藏起來…

呃…可是…
會不會很難看？
「此地無銀三百兩」的感覺反而不太好
鏗鏘
鏗鏘
好
這樣如何？
分散到四面八方蒙混過關！
弄成吃飯時不小心掉落假裝成已經吃完的樣子
不…可是…
好像很髒？
會不會顯得很沒品？
努力再吃一口吧…
決定掙扎到最後的我
可以替您收走餐具嗎~~？
可以
天使登場！
內心裡悄悄唱著「對不起沒吃完」
根本不在意

雙人用餐篇

與其一個人吃飯
跟別人一起用餐
比較有趣
可是另一方面
也有許多必須擔心的事

被他人的決定影響

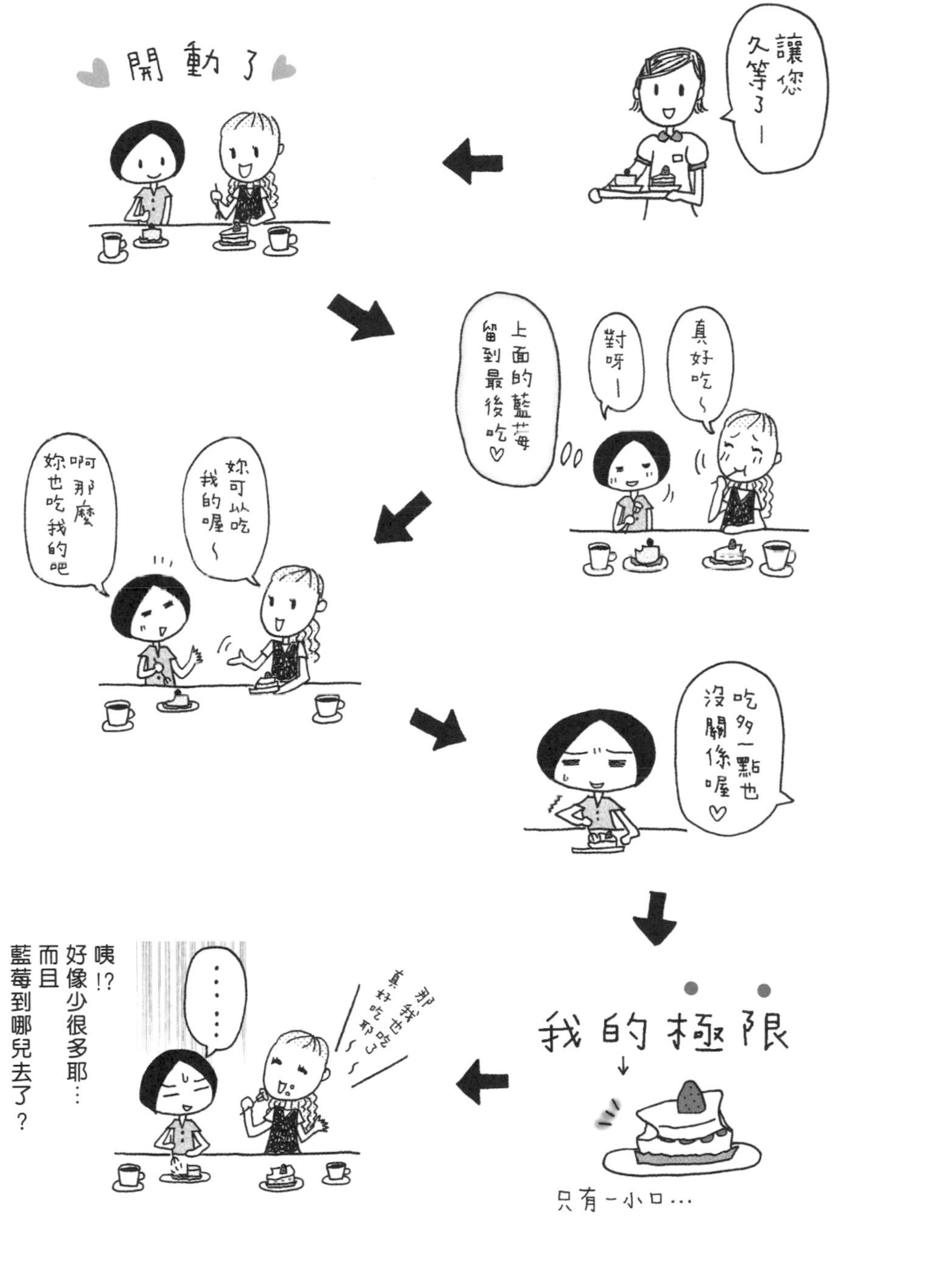
讓您久等了ー
開動了
真好吃～
對呀ー
上面的藍莓留到最後吃♡
妳可以吃我的喔～
啊那麼妳也吃我的吧
吃多一點也沒關係喔♡
我的極限
只有一小口…
那我也吃了～
真好吃耶～
……
咦!?好像少很多耶…而且藍莓到哪兒去了？

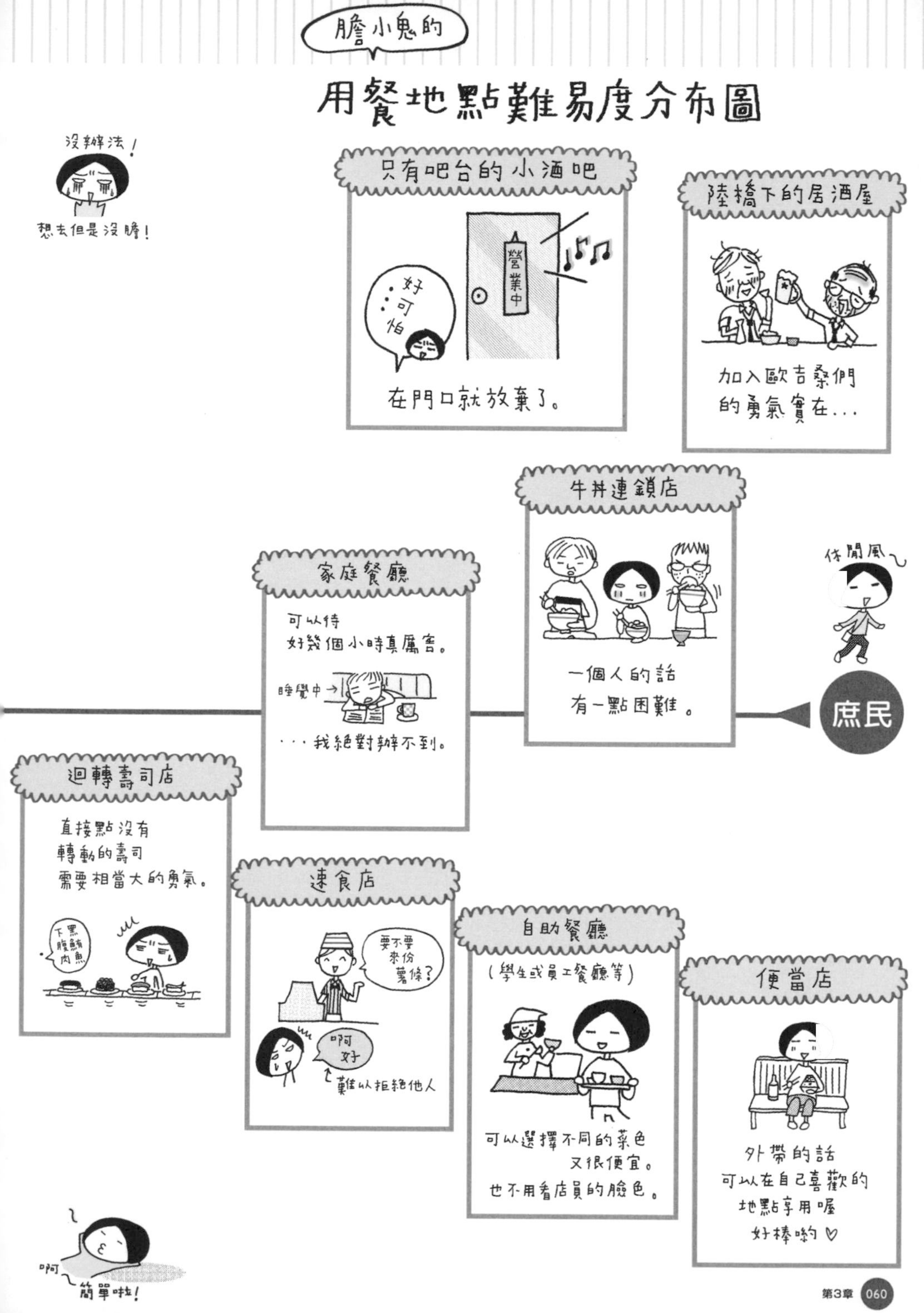
膽小鬼的
用餐地點難易度分布圖
沒辦法！
想去但是沒膽！
只有吧台的小酒吧
好可怕
營業中
在門口就放棄了。
陸橋下的居酒屋
加入歐吉桑們
的勇氣實在…
牛丼連鎖店
一個人的話
有一點困難。
休閒風～
庶民
家庭餐廳
可以待
好幾個小時真厲害。
睡覺中→
…我絕對辦不到。
迴轉壽司店
直接點沒有
轉動的壽司
需要相當大的勇氣。
下黑鮪魚腹肉
速食店
要不要來份薯條？
啊好
難以拒絕他人
自助餐廳
（學生或員工餐廳等）
可以選擇不同的菜色
又很便宜。
也不用看店員的臉色。
便當店
外帶的話
可以在自己喜歡的
地點享用喔
好棒喲♡
啊
簡單啦！

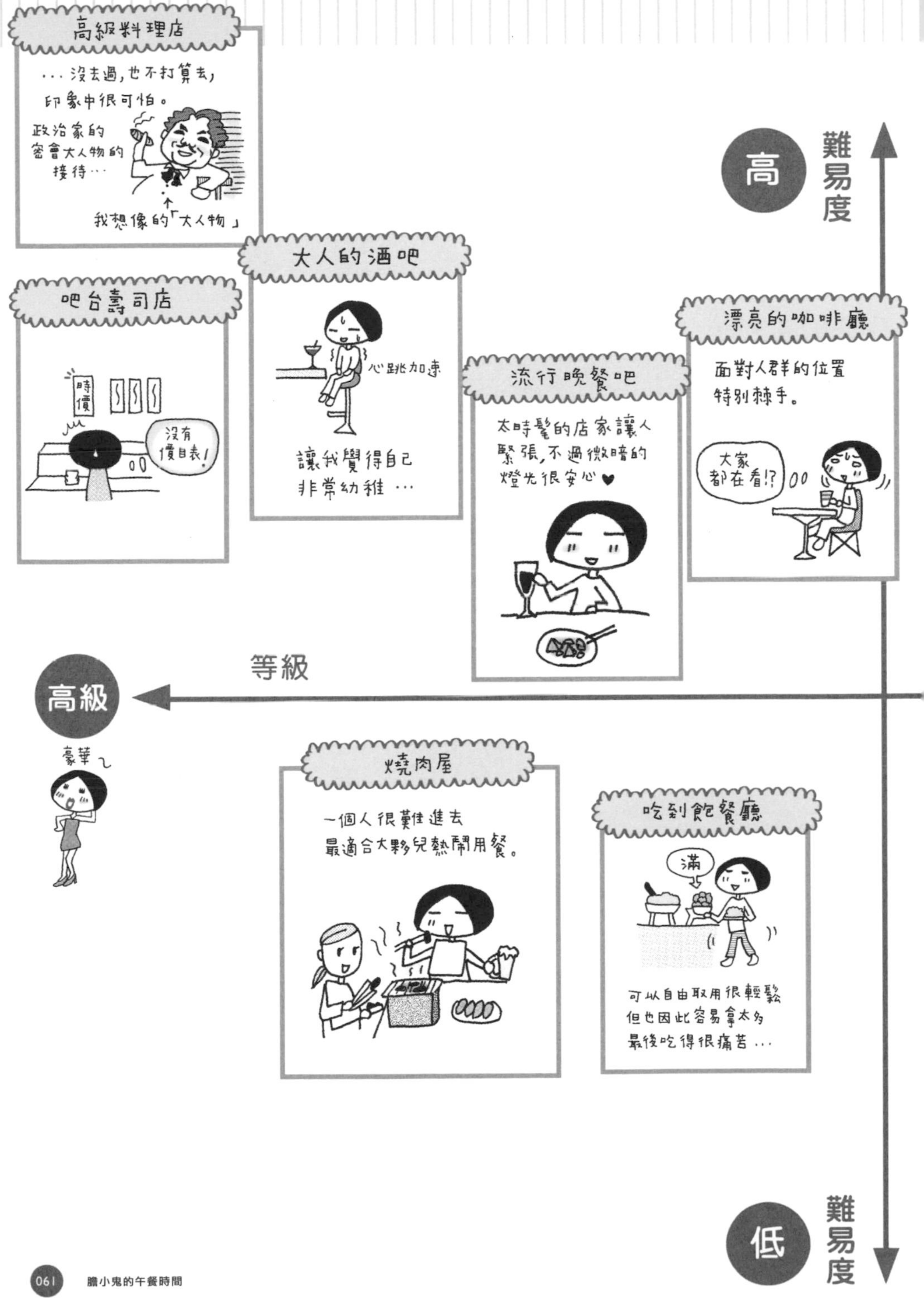
高級料理店
…沒去過，也不打算去，
印象中很可怕。
政治家的密會大人物的接待…
我想像的「大人物」
大人的酒吧
心跳加速
讓我覺得自己非常幼稚…
吧台壽司店
時價
沒有價目表！
漂亮的咖啡廳
面對人群的位置特別棘手。
大家都在看!?
流行晚餐吧
太時髦的店家讓人緊張，不過微暗的燈光很安心♥
高
難易度
等級
高級
豪華
燒肉屋
一個人很難進去
最適合大夥兒熱鬧用餐。
吃到飽餐廳
滿
可以自由取用很輕鬆
但也因此容易拿太多
最後吃得很痛苦…
低
難易度

「想吃」跟「想瘦」，

是永遠的課題。

想吃
高卡路里的食物時，

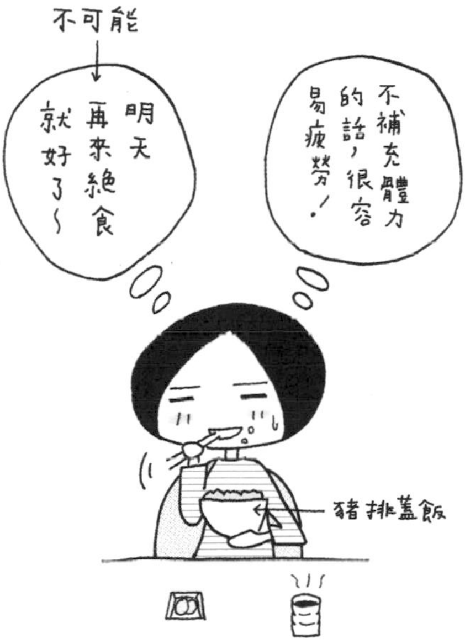
不補充體力的話，很容易疲勞！
明天再來絕食就好了～
不可能
豬排蓋飯

就活用藉口。

膽小鬼的裝模作樣格言

膽小鬼，
很在意他人的目光。
←
是故，不會忘記
奮發向上！

chapter 4

膽小鬼的時髦

「想漂亮一下！」的時候
既然要換季了 買一套 新化妝品吧～
洋芋
也想買 新衣服～
還有包包♥
洋芋片
啊！ 也必須 減減肥♥
更健康！
大豆餅乾
啦啦啦
VOGE
——危機感也隨之而來
呵
驚
洋芋片
今夏流行化妝 人氣OL!
夏季人氣商品! 時髦
即使閱讀流行雜誌 卻仍疏於打扮的自己
洋芋片
…現在的我 一點也不美！！
呵呵
這種時候 我的行動 都非常快
既然如此 就來好好努力吧！
VOGE
喔！ 這間美容院 好像不錯～！ 看起來也 很時髦
流行雜誌 庫存
雖然預約了 美容院
喂 這星期六 可以預約 剪髮嗎？
——是…是
棘手的電話 也輕鬆過關！

不過
還是需要勇氣的…
美容院
自然一點！
假裝很老練！
SALON A
怦怦怦怦
…時髦的美容院
為什麼鏡子特別多…
踏入一步的瞬間
歡迎光臨—
我好ㄙㄨㄥˇ
買不起！
亮晶晶
被時髦光芒打敗的我…
我無法比擬的時髦度
好耀眼
馬上就
輪到您了
請在此
稍待片刻
好啊
到最後一刻
都在煩惱
該剪什麼髮型
乾脆來個
徹底變身？
可是~
還是再留長一點
比較
好嗎？

這個模特兒的髮型真可愛！
好！就剪這個吧
讓您久等了——
請跟我來
好
讓您久等了！
我叫天野
請多指教——
噫!?男人!?
呃…這個
啊
這個模特兒的髮型
現在很流行喲～
連續劇裡
也有出現
大家
都很喜歡
模仿喲～
……
呃不是這個原因…
原本就很不好意思
說出自己的期望
他在取笑我嗎…？
噗
啥？就憑妳？
事情竟然發展成這樣！
那麼
就剪這位模特兒
的髮型嗎？

不 今天想剪 自然一點 就請您決定吧
這是強勢還是軟弱呢…
啪
好！既然如此 前額留長一點 兩側雜亂一點 女性化的感覺再加一點 波浪就這樣玩玩看吧
滔滔不絕
……好
——雖然無法想像，還是回應對方
那我們 先洗頭 請跟我來
椅子 要放下來囉
頸部 可以嗎？
啊…可以
因為洗頭很舒服 我也很喜歡，可是
有哪裡 會癢嗎？
咦？ 啊…沒有
有人敢講實話嗎？
雜念大集合!!
←這個尺寸微妙的毛巾很煩人！要是被呼吸吹偏怎麼辦？別跟我說話呀！
手應該放在哪!?
萬一鞋子掉了怎麼辦
如果現在發生地震…
雜念接二連三冒出 完全無法放輕鬆

謝謝您
請回到
剛才的座位
溫熱
溫熱
頭上包著毛巾的樣子
真不好意思…
移動時
盡量不看鏡子
萬一不小心看到
就得面臨殘酷的現實！
悄悄
悄悄
這個大餅臉是誰
臉頰也太圓了吧！
皮膚有夠粗糙!!
媽呀—
桌上準備的雜誌
就是員工
如何看我的一面鏡子!!
(→想太多)
Good
華麗
VOGUE
Figaro Japon
度假去吧！
貴婦的必備項目
巴黎流行短髮
時髦
高品味
符合年齡
今年要受歡迎！
減肥特集
節省技巧100
我…
Bad
那麼今天的
雜誌是…
『女性OO』
八卦！
人氣演員熱戀!?
震驚
我…
不是時髦型？
是喜歡八卦的角色？
——不幸的日子…
還是照看

不好意思
我幫您
剪頭髮囉
好
不敢直視
鏡子裡的自己
一直低頭
閱讀雜誌
—然後
好
完成了
這是
蝦米碗糕…
剛睡醒風格…？
就算被
剪好的髮型嚇到
哇~
好好看耶~
跟您的
風格很搭呢~
是…
是嗎？
…一被讚美就沒轍了
謝謝
光臨
好像還
不錯吧？
很容易→
被說服
很像
外國
模特兒？
↑
正面思考
搞不好
會被流行
雜誌採訪？
正準備去
跟朋友會合
←想太多了

啊 智子～ 好慢喲～
趕快讚美我一下呀～♥
啊一抱歉
哎呀～？妳的頭髮怎麼了…？
沒有惡意
咦!? 莫非剪失敗了…
終究非常在意對方的反應
好厲害耶 說不定很搭～
「好厲害」？這是讚美用語？「說不定」是…
大受刺激!!
不光只有這樣子！
歷代 還有一大堆
「周圍的反應與期望相反的髮型」
黑色學生頭
MY期望 好清純！ → 結果 櫻桃小丸子
褐色飄逸長髮
好成熟！ → 釜范弘？
*譯注：日本老牌名歌手、音樂人
金色捲短髮
法國女演員 → 星星王子
故意綁側邊
個性的丸子髮型
時髦又可愛♥ → 髮型歪了耶
閃亮的長髮
Kahimi Karie → 貞子…
*譯注：日本女歌手
…你們隨便去說吧…
唉～
知性美女 → 開心果！

日常生活小忐忑

聽見別人的鈴聲也會反應！

化妝品專櫃

百貨公司的化妝品專櫃
也是每次去
就很緊張的場所

我眼裡的化妝品專櫃
神奇睫毛
美人光線!
晶瑩
閃亮
心跳加速
※我看起來是這樣

如果是買過好幾次的專櫃就不會那麼緊張
會員卡
夏季色彩
歡迎光臨
⋯如果是第一次的店家
要是坐在專櫃的椅子上會不會逼我買一整套!?
就非常忐忑不安
颼
妳好
今天的目的是一個粉底
笑容滿面♡
請您先坐下吧
應該坐還是不坐!?
明明已經決定要買什麼了!
好像會買多餘的東西⋯
根據過去的經驗對自己超沒自信
反正有時間
結果還是坐下去了

這是您要的粉底
好
那您要不要順便試試我們的新產品？
出現了!!
這個化妝水很棒喲～保濕力是以前的三倍！保證讓您的肌膚彈力十足喔
THE 推銷台詞 START!
想拿試用品的心情與好奇心
啊…那麼…好
內心的聲音
沒問題吧…？
試試看而已！
試完就回家！
不好意思
搓搓搓搓
啊啊…毫無防備的自己!!
塗抹的瞬間肌質就立刻改變喔！請您摸摸看
完全摸不出來!!
粗糙
好像…有比較嫩
…可是也不好意思讓對方下不了台階
我就說吧

另外我最受不了的就是個別定點攻擊！
您現在有任何關於肌膚的煩惱嗎？比如容易乾燥或者容易長痘痘等等
嗯——
呃…
最近突然變得很忙加上許多人際關係的問題造成睡眠不足眼睛下面的黑眼圈跟乾燥的情況很嚴重
滔滔不絕
——老實過頭的我
像您這種膚色白皙膚質細緻的客人特別容易有黑眼圈呢實在是太可惜了！就從現在開始保養吧
白皙♡細緻的智子美女？
(沒說)
好
嘿
搭配剛才的化妝水
再加上按摩霜跟乳液效果非常好喲！
好…
——不
呵
情況不妙
好險好險
差一點就要破財了趁現在趕快回到原點…
那就先買粉底跟化妝水！
謝謝您
斬釘截鐵
——到了結帳的時候才察覺自己的失誤…

日常生活小忐忑

對於出乎預料的機會
我們正在舉辦抽獎請抽一張
總是感到驚慌失措
若無其事以「真沒輒啊～」的態度挑戰
其實非常認真
是哪個!?
攪動
←內部
啊——沒中喔不好意思
沒關係…
絕不顯露內心的失望努力表現最後的演技

減肥篇

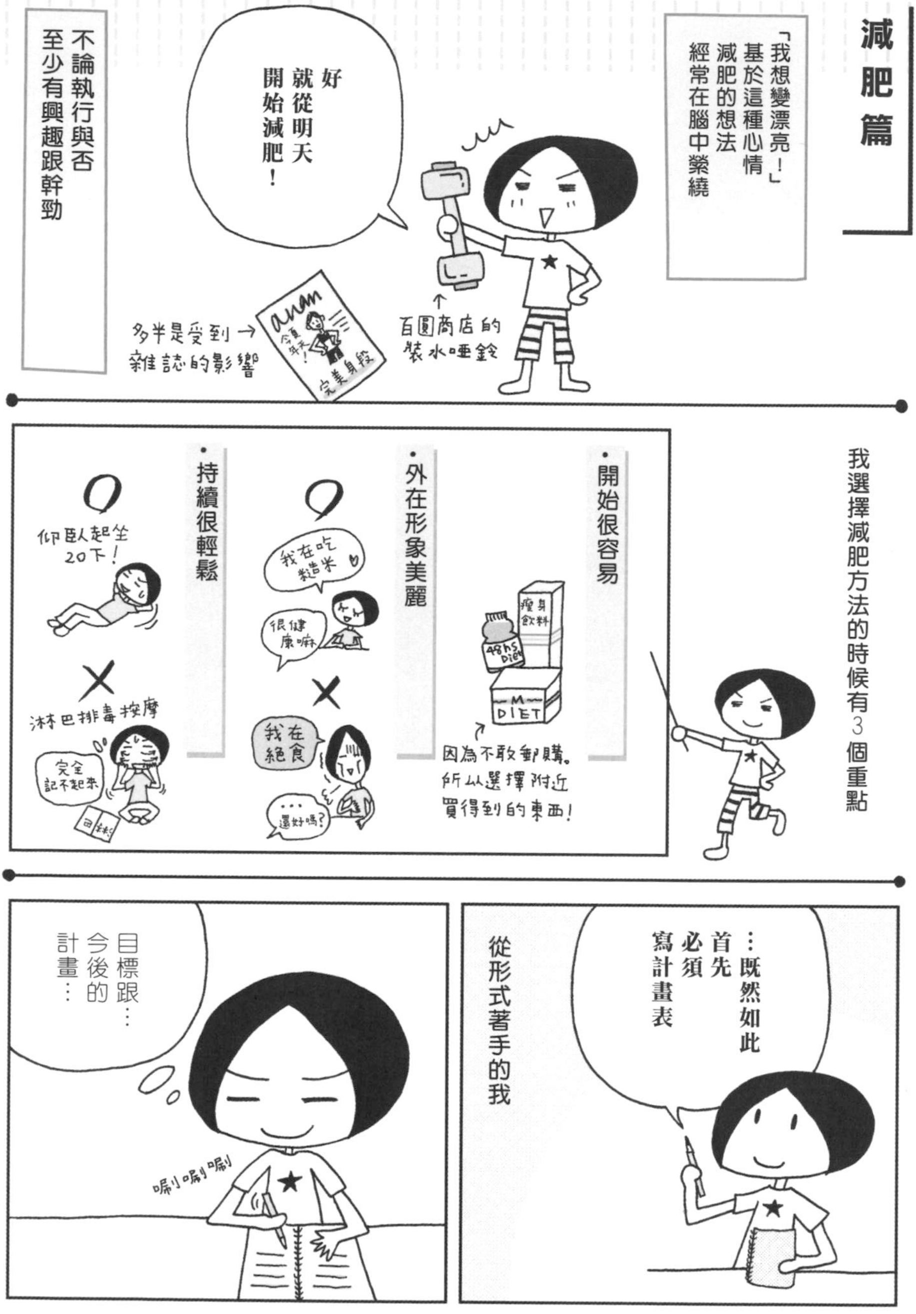
「我想變漂亮！」基於這種心情 減肥的想法 經常在腦中縈繞
好 就從明天 開始減肥！
百圓商店的 裝水啞鈴
多半是受到 雜誌的影響
完美身段
不論執行與否 至少有興趣跟幹勁
我選擇減肥方法的時候有3個重點
・開始很容易
瘦身飲料
48hs Diet
M DIET
因為不敢郵購。所以選擇附近買得到的東西！
・外在形象美麗
我在吃糙米♡
很健康嘛
我在絕食
…還好嗎？
・持續很輕鬆
仰臥起坐20下！
淋巴排毒按摩
完全記不起來
從形式著手的我
…既然如此 首先 必須 寫計畫表
目標跟… 今後的 計畫…
唰唰唰

……
……好像有一點不夠？
好……！這樣子如何？
減肥目標
・1個月－2公斤！
・讓男朋友讚美！
・瘦下來後買洋裝！
・變可愛！
要做的事
・早餐吃糙米
・零食一週最多3次
・每天散步20分鐘以上
・禁酒
好寫好了！
減肥目標
・1個月－3kg！
瘦成可以穿比基尼
・讓男朋友讚美！
・瘦下來後買很多洋裝！
連身洋裝
・變可愛！
絕對要
要做的事
・早餐吃糙米加納豆
＋滋補劑&蔬菜汁
・特別注意零食一週最多1次
・每天散步20分鐘以上或是睡前做柔軟操
・禁酒！！（聚會則勉強參加）
一定加油
減肥的第一天非常起勁！發揮減肥專家的本領
難得自己煮飯
啦啦啦
健康的餐點真是開心哩～♥
今日菜單
・糙米・味噌湯
・納豆
・煎魚
・維他命

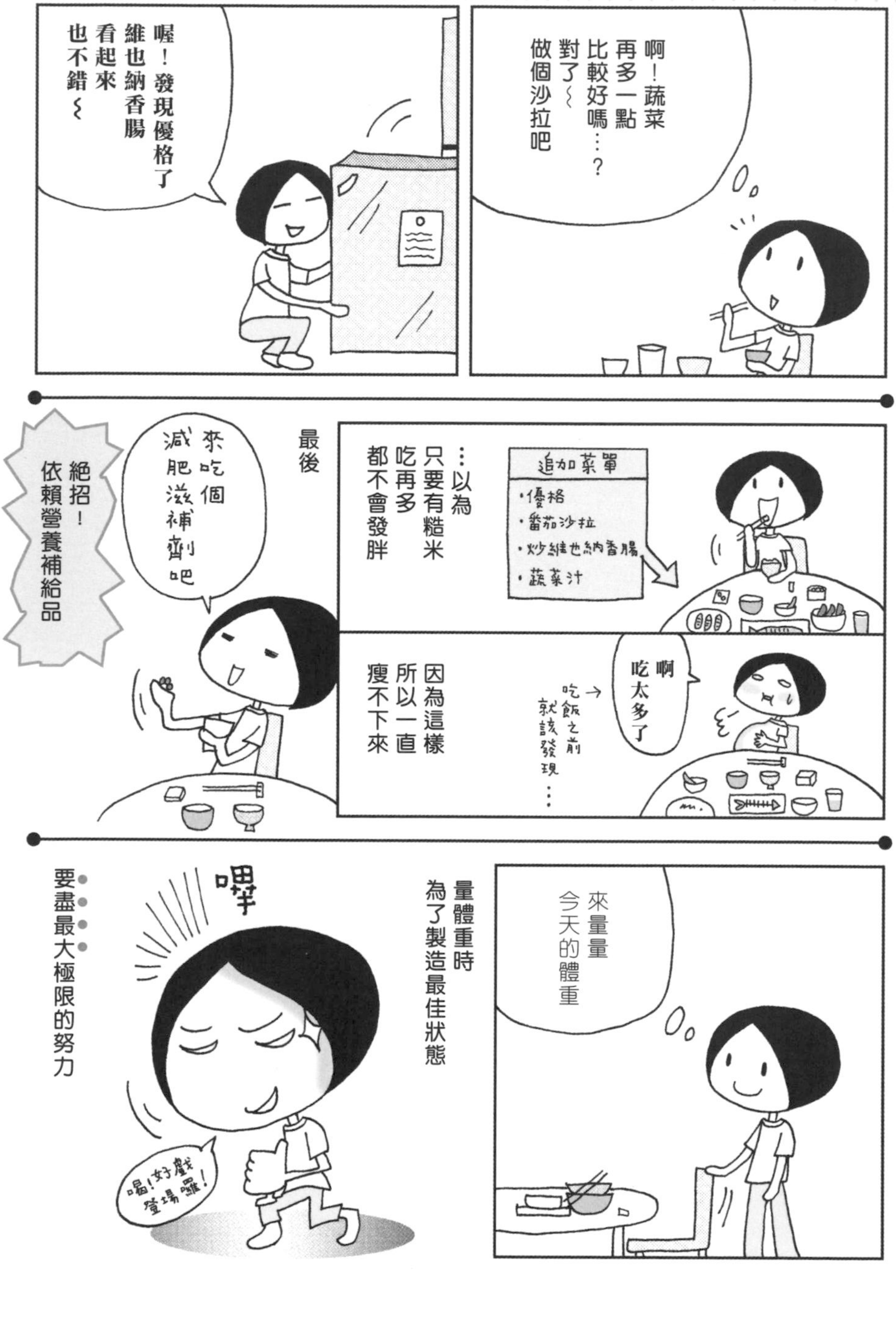

啊！蔬菜再多一點比較好嗎…？
對了～做個沙拉吧
喔！發現優格了
維也納香腸看起來也不錯～
…以為只要有糙米吃再多都不會發胖
追加菜單
・優格
・番茄沙拉
・炒維也納香腸
・蔬菜汁
啊吃太多了
→吃飯之前就該發現…
因為這樣所以一直瘦不下來
最後
來吃個減肥滋補劑吧
絕招！依賴營養補給品
來量量今天的體重
量體重時為了製造最佳狀態
嗶
喝！好戲登場囉！
要盡最大極限的努力

實錄！量體重之路！
1 排掉該排掉的東西！
W.C.
……
2 脫掉該脫掉的東西
3 暫停呼吸
(從小開始不知為何就用這招…)
讓焦距模糊逃避現實
↓
瞇著眼睛站在體重計上!!
GOAL

結束減肥的時候
要吃什麼—？
…
肚子好餓喔
我正在減肥—
吃一點點就好了♥
妳們吃吧
咦—!!
妳一點都不胖呀—
再瘦下去怎麼辦—？
現在這樣剛剛好呀
是嗎♥
最後隨波逐流…

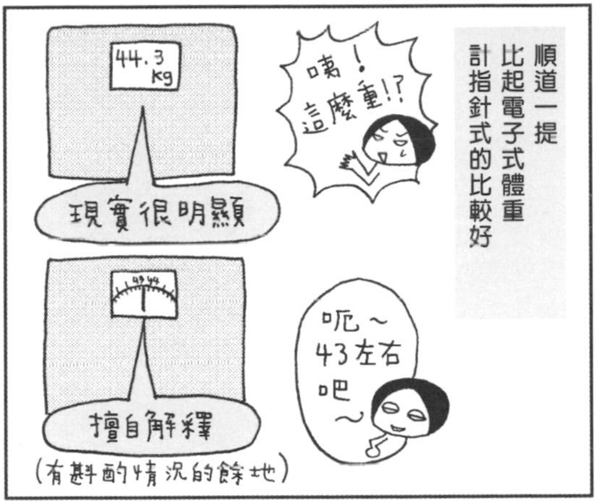
順道一提比起電子式體重計指針式的比較好
44.3 kg
咦！這麼重!?
現實很明顯
呃～43左右吧～
擅自解釋
(有斟酌情況的餘地)

即使如此如果還是無法接受結果
唉—變胖了!!
用這種理由鼓勵自己
啊～對了～剛才吃的飯還留在肚子裡呢！大約有2公斤
哪有這種事

別人怎麼樣看我，

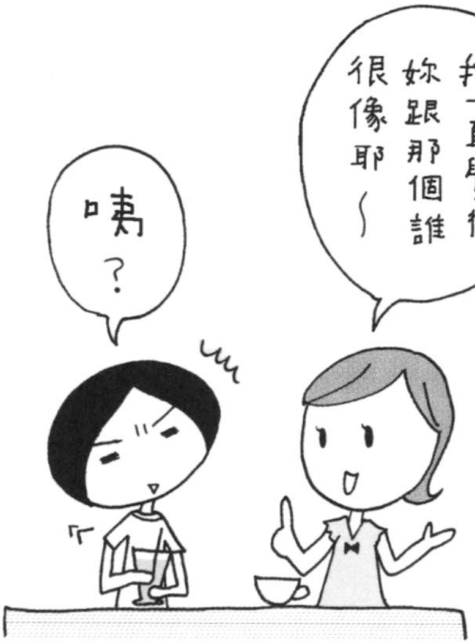
我一直覺得妳跟那個誰很像耶～
咦？

我非常在意。

根據那個評價，

而改變一整天的心情。

膽小鬼的裝模作樣格言

膽小鬼，
凡事考慮太多。
←
是故，可以深入
品味事情！

chapter 5

膽小鬼的搏命約會

啊 喂～～ 我是智子♥
啊啊！怎麼了？
我在想呀 要不要明天 一起去看電影～
好呀！去吧！去吧！
好想早點見面呢～ 真期待！
那麼 明天10點見！
嗯 明天見！晚安!!
—第二天
會不會太早了呢～
3
6
↑才9點
啊！智子！我想早點見到妳 所以就提早來了呢～
我也是～
…啊～ 真是幸福…
…愛死你
啊啊 好棒喔～ 如果能這樣就好了～
膽小鬼擅長幻想約會！明明沒有交往 卻愛得死去活來!!

可是現實上卻非常沒用
參加電視抽獎中了電影招待券這麼說好嗎…
心跳加速
090-3xxx-△△△△
啊～果然不行！
嗶
這樣子反覆10次！
一到關鍵時刻宛如狂濤般奔騰而來的軟弱模擬…
媽媽咪呀…
咦？幹嘛？什麼事？我已經有女朋友了——而且明天很忙啦啊，我有插撥！就這樣
嗶
天哪！這種想像！
1小時之後
…明天再打吧嗯反正也不用急…
啊…不行～！不能老是做這種事！已經決定了今天絕對要打電話！
嗯
嗯
好，來吧～加油!!
對方一定很開心！
↑堅信

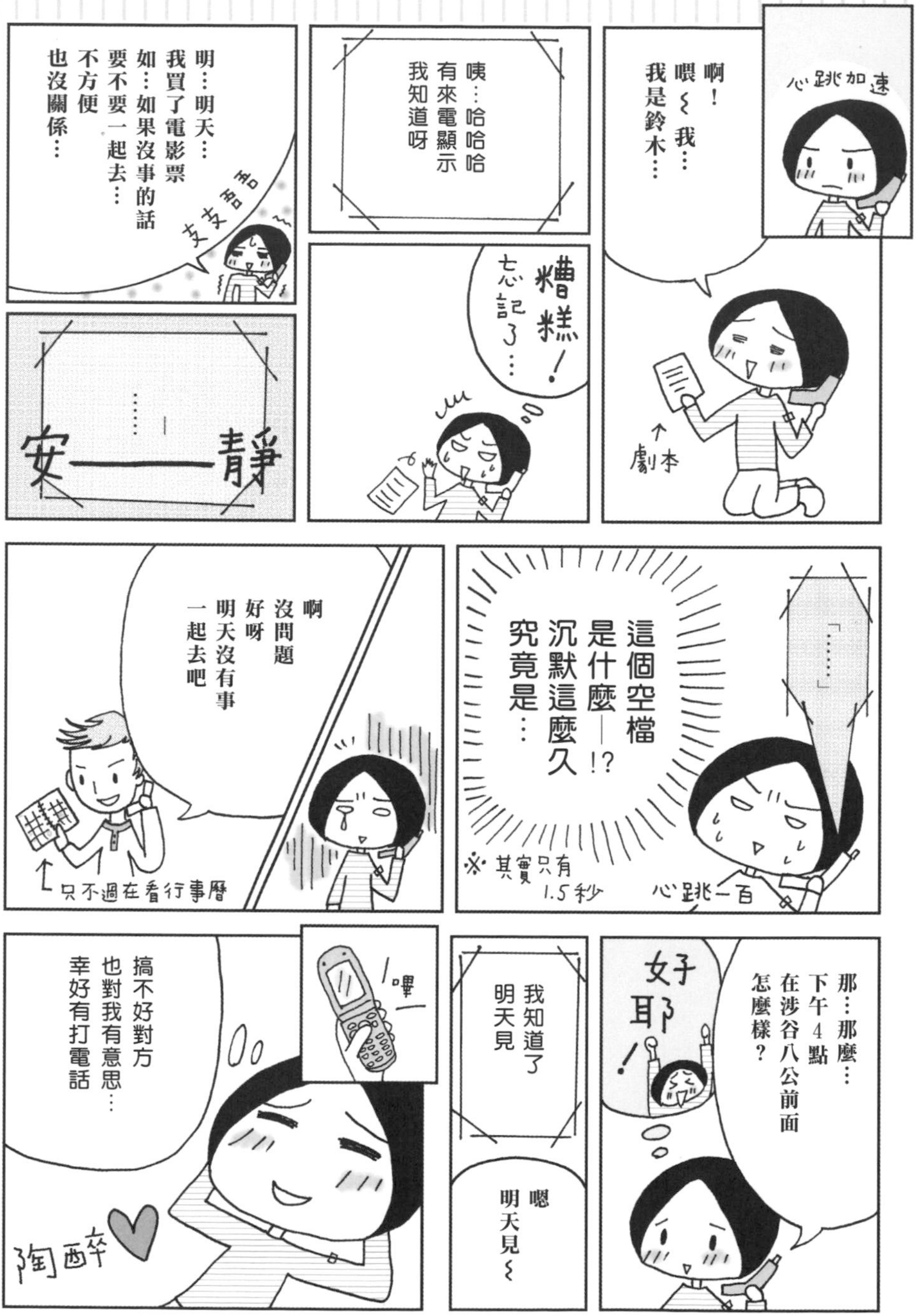
心跳加速
啊！
喂～我…
我是鈴木…
劇本
咦…哈哈哈
有來電顯示
我知道呀
糟糕！
忘記了…
明…明天…
我買了電影票
如…如果沒事的話
要不要一起去…
不方便
也沒關係…
支支吾吾
……
安——靜
「……」
這個空檔
是什麼——!?
沉默這麼久
究竟是…
※其實只有
1.5秒
心跳一百
啊
沒問題
好呀
明天沒有事
一起去吧
只不過在看行事曆
那…那麼…
下午4點
在涉谷八公前面
怎麼樣？
好耶！
我知道了
明天見
嗯
明天見～
嗶—
搞不好對方
也對我有意思…
幸好有打電話
陶醉

好～
為明天好好準備吧—
要穿什麼呢？看完電影要做什麼
調查用雜誌
在哪裡吃飯好呢—餐廳包廂？太快了嗎？
嘿嘿嘿
Hanko
電車時間也要查一查
故意趕不上最後一班車
嘿嘿嘿
約會的調查不可怠惰！
對了！為防萬一傳個簡訊提醒明天的事吧
而且剛才的電話也沒有說清楚
為了提升好感度♥
呃…
「抱歉剛才突然打給你」
嗯…
「別忘了明天涉谷4點喔？」
哎…心形記號太過火了嗎？
「4點喔^^」…
這個也太過火了嗎？
嗶
好！打完了！
05/09/24
主旨 明天的事
內容:抱歉剛才突然打給你。別忘了明天涉谷4點喔！期待相見。掰掰
←
傳送
儲存
哎…簡訊還是太緊迫盯人了嗎…
可是…都已經寫了嗯～
扭扭捏捏
不管了寄出去吧！
傳送中…
嗶

——1小時後
啊~沒有回信
為什麼呢~
啊!
莫非我寫了什麼奇怪的事…?
趕快檢查一下…
(已經檢查7遍了)
嗶嗶嗶
04/09/24
寄件者 健君
主旨 收到!
內容 晚安!
明天見!!
智子萬歲!太讚了!!
有鼓起勇氣傳簡訊~
緊擁—
呃—「晚安!明天見!!」耶——
轉來轉去
陷入瘋狂
「晚安!明天見!!」嘻嘻~
跳跳
剩下就是強化視覺!
肌膚水嫩包
重要約會的前一天
美容計畫從現在開始!
1、2、3…
嘿—呼—嘿
好熱
嘩啦
嘩啦
…
啊—興奮得睡不著~
昏睡

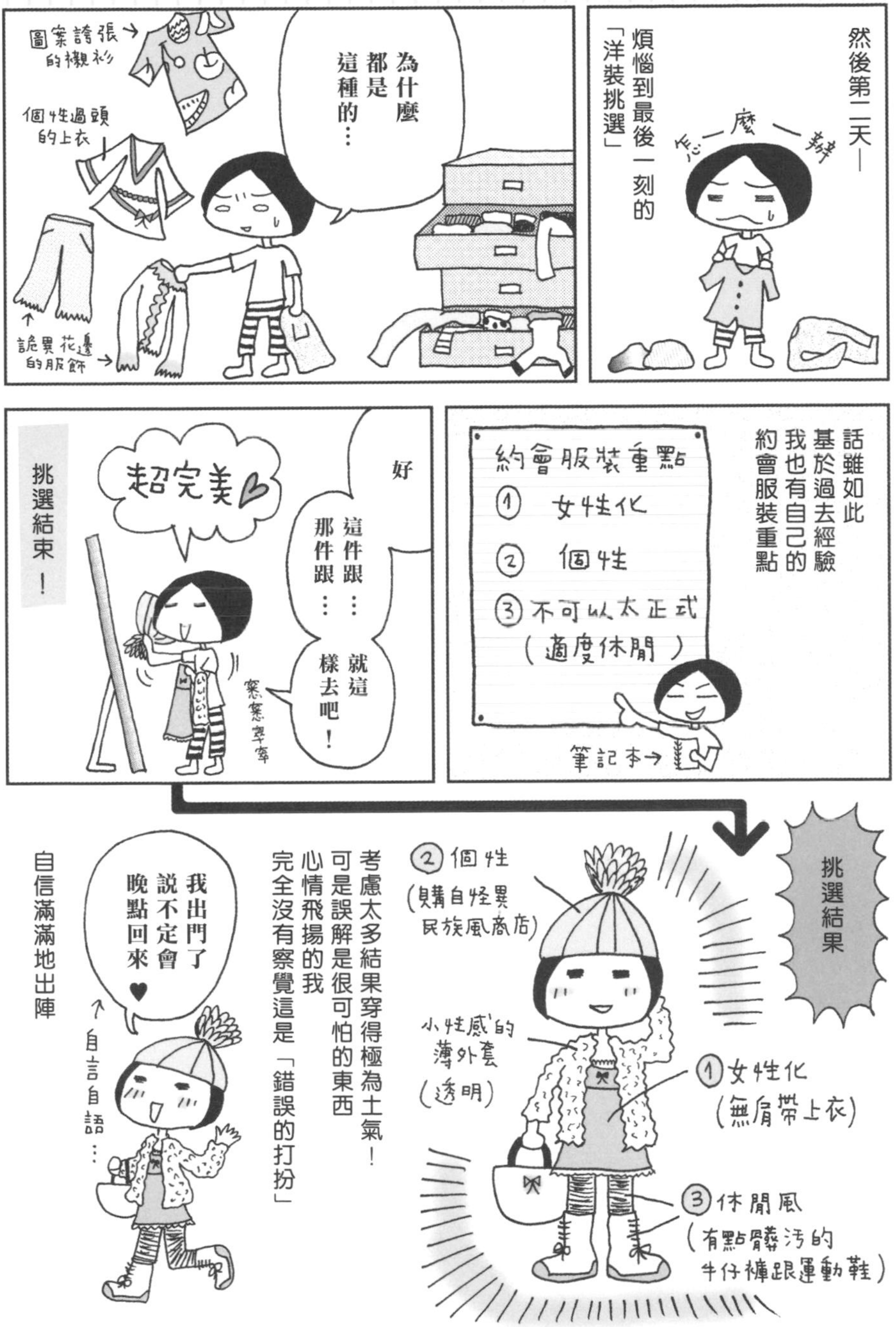
然後第二天—
煩惱到最後一刻的「洋裝挑選」
怎—麼—辦
為什麼都是這種的……
圖案誇張的襯衫
個性過頭的上衣
詭異花邊的服飾
話雖如此
基於過去經驗
我也有自己的約會服裝重點
約會服裝重點
① 女性化
② 個性
③ 不可以太正式（適度休閒）
筆記本
好
這件跟……
那件跟……
就這樣去吧！
窸窸窣窣
超完美♥
挑選結束！
挑選結果
② 個性（購自怪異民族風商店）
小性感的薄外套（透明）
① 女性化（無肩帶上衣）
③ 休閒風（有點髒污的牛仔褲跟運動鞋）
考慮太多結果穿得極為土氣！
可是誤解是很可怕的東西
心情飛揚的我
完全沒有察覺這是「錯誤的打扮」
我出門了
說不定會晚點回來♥
自言自語…
自信滿滿地出陣

好像太早來了耶～
被發現來得太早也不好…
暫時先在這裡觀察情況吧
祕技！
從遠方觀察情況
…話雖如此大家都穿得不一樣呢～
…時髦的人真多哩…
啊！那個人好可愛
那個人的洋裝好漂亮
…話說回來
我的服裝好像有點怪怪的…
在人潮中終於客觀檢視自己的服裝
至少拿掉這頂帽子…
儘管想全身換掉但已經太遲了
啊！來了！
喲～等很久嗎？
沒有！我也是剛到～
帽子
用力一塞

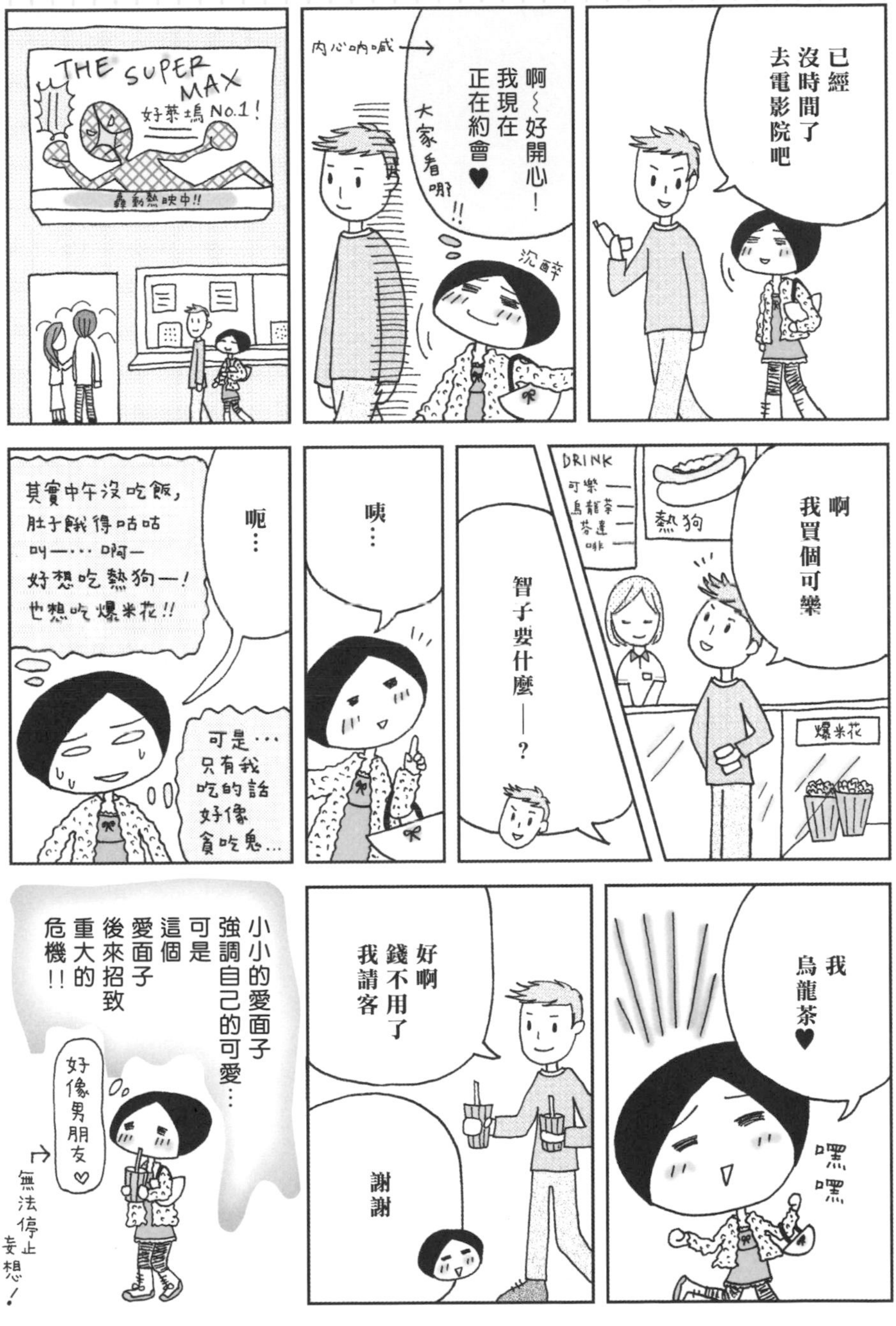
已經沒時間了去電影院吧
內心吶喊→
啊~好開心!我現在正在約會♥
大家看哪!!
沉醉
THE SUPER MAX
好萊塢No.1!
轟動熱映中!!
DRINK
可樂
烏龍茶
芬達
啡
熱狗
啊我買個可樂
爆米花
智子要什麼—?
咦…
其實中午沒吃飯，肚子餓得咕咕叫—…啊—好想吃熱狗—!也想吃爆米花!!
呃…
可是…只有我吃的話好像貪吃鬼…
我烏龍茶♥
嘿嘿
好啊錢不用了我請客
謝謝
小小的愛面子強調自己的可愛…可是這個愛面子後來招致重大的危機!!
好像男朋友♡
無法停止妄想!

砰砰砰砰——
啊啊
砰——
轟隆——
啊啊
不妙!!
啊啊
事情非常不妙!!
總之先拚命忍耐!!
早知道就吃午餐了…
咕咕
咕——
咕嚕嚕嚕嚕——
咕咕——
烏龍茶一飲而盡大作戰!
咕嚕
還有啊…?
咕嚕嚕
捏肚子大作戰!
揪
停止呼吸
縮小腹大作戰!

靜
不妙是安靜的場景⋯
咕嚕
5秒後
快、快點來點聲音！大音量的！
好痛苦
10秒後
THE END
鏘
鏘鏘鏘
得救了⋯
呼～
恰啦啦ー
啦啦啦ー
咕ー
15秒後

好有趣呢——
啊…嗯
雖然精神不太集中…
智子妳餓了嗎？
咦!?
嚇
啊…有一點♥
莫非露出馬腳了!?
難道聽見了那個聲音!?
那麼我們去吃飯吧
嗯！
沒問題？沒發現吧~？
附近有不錯的店去那裡好不好
不論到哪裡我都跟你去♥
就是這裡
Dining midnight
陶——醉
哎呀昏暗的餐廳！
氣氛真好!!
這樣子真不妙！
什麼事…？
2位

乾杯！
……喏 那個……
好！一定要問他「你有喜歡的人嗎？」「現在有女朋友嗎？」
嗯？什麼？
健君現在是一個人？
不 不是喔
內心叫喊
哇— 這麼快失戀!?
現在跟弟弟兩個人住
啊 原來是這樣～
內心叫喊
呼— 可是問題的意圖並未傳達…
你弟弟幾歲？
內心叫喊
不對—！我不是要問這種事—
18歲
你弟弟是做什麼的？
是學生喔
內心叫喊
弟弟怎樣都無所謂！快進入正題！
接下來要問囉！
「你有喜歡的人嗎？」就是這個！

…你有喜…
嗯？
你有喜歡的諧星嗎？
嗯——現在沒有哪～
內心叫喊
不對!!
給我老實一點!!
點頭
你現在有女朋友嗎？
內心叫喊
說了！耶！好棒!!
啊 我沒有喔 智子有嗎？
啊
直接否定的話好像顯得很沒人緣…
內心大合唱
沒有！沒有！就是喜歡你!!
以前有 現在完全沒有呢～
小小的愛面子
強調老實
搖頭
是這樣啊——！
…感覺好像不錯…
邁進一步！今天就到這裡吧～…
內心叫喊
請…請跟我交往…！想說卻說不出口

JR
涉谷站
今天謝謝你
嗯 我也很開心
啊… 那你先走吧
我得要打個電話
那 再見了 路上小心
掰掰
……
……
好 已經看不見了吧…
張望
張望
toilet
ザッ
終於放鬆了…
呼咚
第一次約會時 我一直不敢上廁所…

膽小鬼的愛情年表

任意單戀的妄想期

國中生

喜歡的對象增至3人，煩惱不已。

跟誰結婚才好呢～
←妄想寶庫！交換日記
智子喜歡的人♥
①光GENJI的和己
②成龍
③學生會會長江君
怎麼辦呢—♥

以心上人的姓氏練習冠夫姓。

諸星智子
入江智子
成龍智子
tomoko morohoshi
「入江智子」好像不錯呢♥
←也要練習簽名…

收集所有跟心上人相關的東西。

BOOKS
發現「入江」！
小說
寧靜的入江
印章
入江
只要有名字就很開心。
籃球剖析
灌籃高手
因為他是籃球社。

與心上人的接觸法。

- 尾隨
- 偷拍

偷偷摸摸

嚮往愛情的崇拜期

小學生

小一初戀。
喜歡的理由是「因為名字很帥」

「亮」♥
○○亮

小三，第一次的情人節♥

咀嚼
啊～真可口…

鼓起勇氣
獨自去買了巧克力，
可是沒有勇氣交給他…

當時

人生最重要的事情是「換位置」
每次都忽喜忽憂

本小姐才想哭咧！
喔～原來是鈴木～
←嗒嗒嗒
嘻嘻嘻—♥
請多指教！
颼→

終於 小鹿亂撞的青春期

大學生

現實戀愛覺醒。
我也是呢～
我懂我懂～ 嗯嗯
我好喜歡他
一聊起戀愛，就停不下來的女生。
初嘗情投意合的喜悅。
我也喜歡你喔
我喜歡你！
活著真好！！人生是玫瑰色的！！
萬歲
初嘗失戀的痛苦。
我再也不要談戀愛了！！我是孤獨的……
可是又再度發現新戀情。
他才是真命天子！
每次都這麼說：
哎呀我也變成大人啦～♥
內容一點也沒變…
愛情果然是甜蜜的。〔完〕

毫無異性緣的冰河期

高中生

敵視情侶！
給我看好了……
總有一天要跟THE BOOM的宮澤一起去沖繩度蜜月！
妄想症尚未痊癒。
「等待的女人」
我再打電話給妳！
喜歡的男生
今晚可能會有電話～
把子機帶去房間♥
還沒有手機的年代。
一小時後
……
……
樂趣之一
「思考下一代的名字」
…連對象都沒有(泣)
如果是雙胞胎～「綠」跟「葵」？或者～「路易」跟「雷歐」？

心上人的一字一句

反應激烈

可是為了不讓對方發現我的用心，

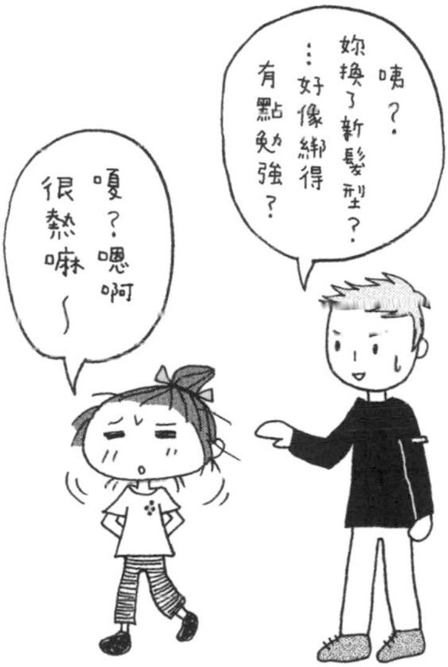
咦？。妳換了新髮型？……好像綁得有點勉強？
嗄？嗯啊很熱嘛～

拚命裝糊塗。

膽小鬼的裝模作樣格言

膽小鬼，
主觀非常強烈。
←是故，
行動意外大膽！

日常生活小忐忑

日常生活小忐忑

店員一進來就唱不出來。

chapter 6

膽小鬼的海外旅行

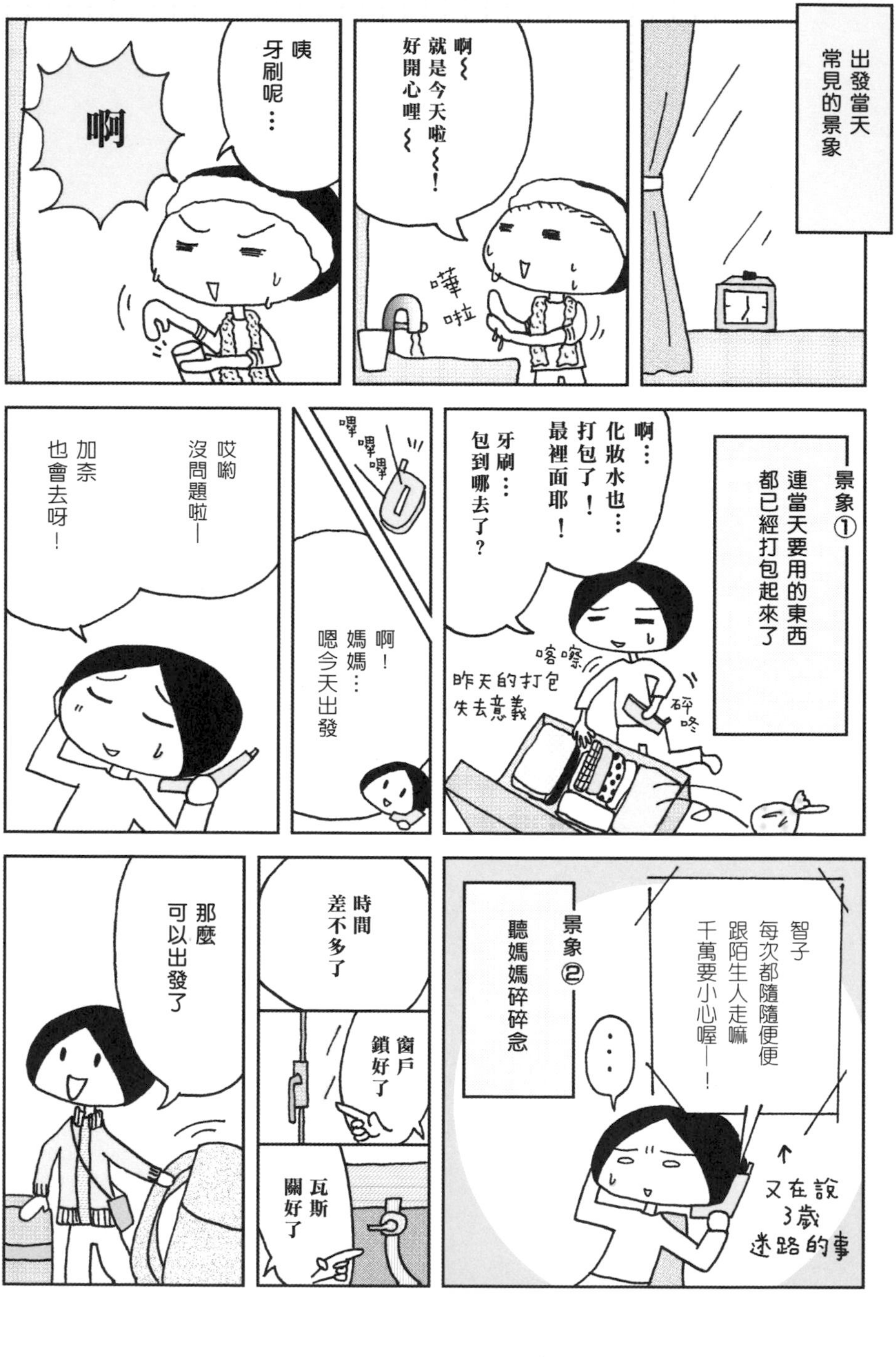
出發當天常見的景象
嘩啦
啊～就是今天啦～～！好開心哩～
咦 牙刷呢…
啊
景象①
連當天要用的東西都已經打包起來了
啊…化妝水也…打包了！最裡面耶！
牙刷…包到哪去了？
喀嚓
碎咚
昨天的打包失去意義
嗶嗶嗶
啊！媽媽…嗯今天出發
哎喲沒問題啦— 加奈也會去呀！
景象②
聽媽媽碎碎念
智子 每次都隨隨便便跟陌生人走嘛 千萬要小心喔—！
…
又在說3歲迷路的事
時間差不多了
窗戶鎖好了
瓦斯關好了
那麼可以出發了

景象③
事到臨頭
才知道行李的重量
……好重！
砰咚
好像真的裝太多了
……只不過一個星期而已
緊密
鼓起 鼓起
重新選擇要帶的東西吧！
扔
扔
於是再度打包…
結果　拿出來的東西們
原本為什麼要放進去呢…
大型鬧鐘
浴巾
字典2本
小說3本
最後　仍舊打包的東西們
旅行用品
・壓縮塑膠袋
・貴重用品腰包
(結果沒用)
・照相機2台
(數位&拍立得)
因為看起來很時髦….
美容用品
←關鍵時刻用
面膜
指甲油組
保濕乳液
累贅的東西還很多！
考量可能購買土產準備了行李箱
導覽書3本
倫敦
倫敦時髦導覽
為了不遺漏任何資訊一共準備3本
日本食品&零食
・日本茶包
・速食味噌湯
・洋羹1條
懷念日本食物時，可以輕鬆享用的東西
自製「旅行筆記」
模仿旅行達人(撰寫旅行書的繪本家)所製作的插畫筆記。
畫4頁就放棄！
剩下的白紙決定當成「筆記」活用…
為了空出雙手基本上帶背包
藥品(全套)
感冒／胃腸／正露丸／蚊蟲叮咬／頭痛／酒醉….
替換衣物
・時髦用
・休閒用
夜晚出遊高級餐廳用(不可能去)
←平時穿著

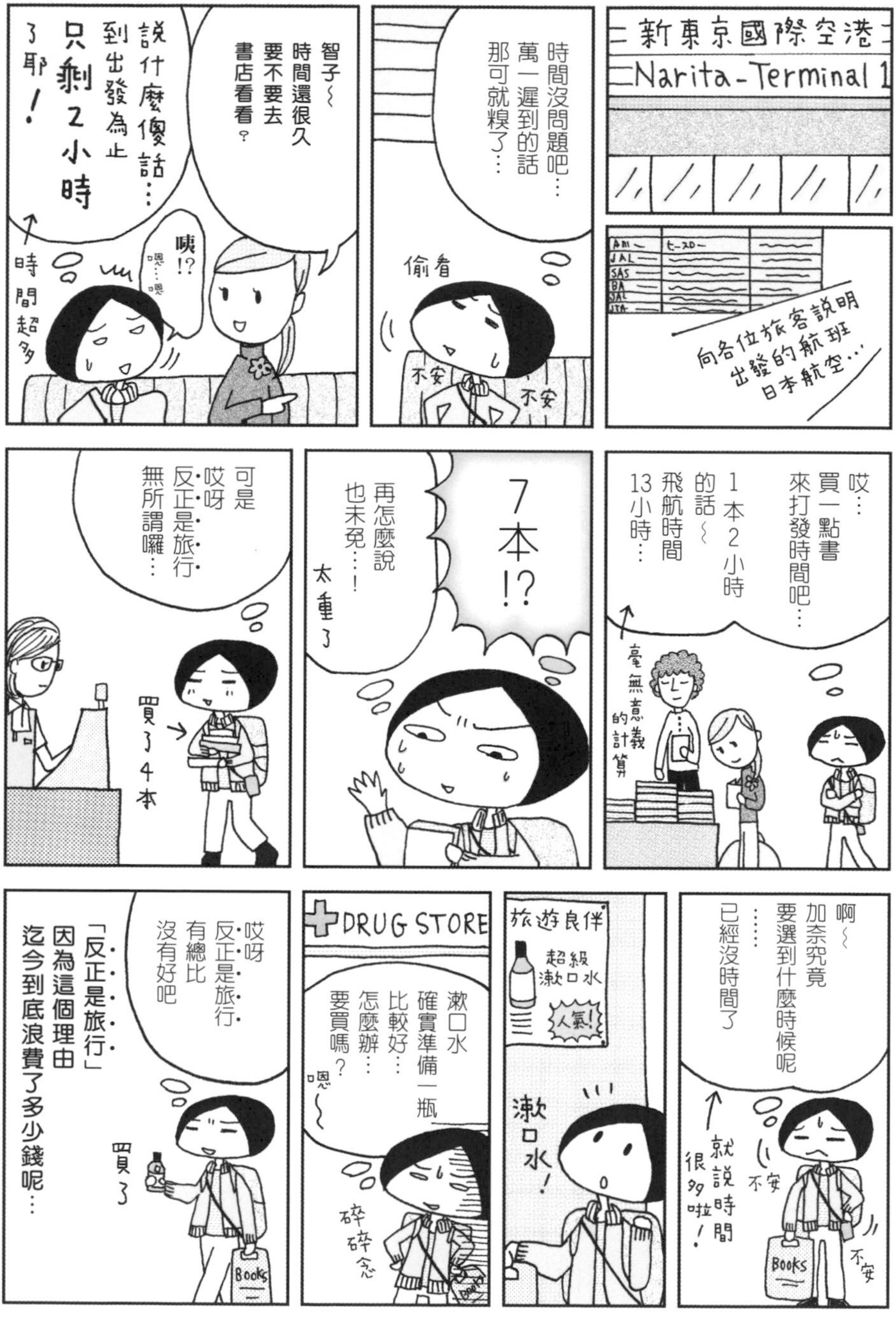

新東京國際空港
Narita-Terminal 1
向各位旅客說明出發的航班日本航空…
時間沒問題吧…萬一遲到的話那可就糗了…
偷看
不安
不安
智子~時間還很久要不要去書店看看?
咦!?
嗯…嗯
說什麼傻話…到出發為止只剩2小時了耶!
時間超多
哎…買一點書來打發時間吧…
1本2小時的話~飛航時間13小時…
毫無意義的計算
7本!?
再怎麼說也未免…!
太重了
可是哎呀反正是旅行無所謂囉…
買了4本
啊~加奈究竟要選到什麼時候呢……已經沒時間了
就說時間很多啦!
不安
不安
旅遊良伴
超級漱口水
人氣!
漱口水!
DRUG STORE
漱口水確實準備一瓶比較好…怎麼辦…要買嗎?
嗯~
碎碎念
哎呀反正是旅行有總比沒有好吧
買了
「反正是旅行」因為這個理由迄今到底浪費了多少錢呢…

出發時間
DEPARTURE
目的地
TO
航班
FLIGHT
11:30 LONDON JL2
啪
啊！開始登機囉～
走吧
心跳加速
我到現在對機場手續（安全檢查、海關出入境檢查）的意義與順序仍然一頭霧水
在想像中是這個感覺
轉來轉去
咚
因此跟可靠的朋友在一起就可以依樣畫葫蘆感到非常安心
喔！原來行李放在這
可是唯獨對金屬探測門每次都緊張不已
萬一對牙齒銀粉發生反應怎麼辦 千萬別響啊！
根本不可能
突然響起來的話就覺得自己變成了罪犯…
嗶
然後前往機艙
呃 22B跟22C就是這裡
太棒了～是靠走道！
如果是內側的座位就很難上廁所
啊—好想去 吵醒別人也不好…
嗚嗚
終於要起飛了
向所有神明與存在禱告祈求一路平安
耶穌、菩薩、爺爺、奶奶、媽媽、爸爸、健君…請保佑我

機艙內的景象①
飛機竟然可以飛好厲害哪~
我們不是常說飛機是「大鐵塊」
對呀—
就連風壓也沒辦法吹翻
真的很厲害呢
不過墜機的話鐵定就死定了
哈哈哈
哈哈哈
別再說不吉利的事了!
機艙內的景象②
Would you like something to drink?
咦?外國人
就算說「桑姆辛吐煮令苦」
究竟有什麼種類!?
雖然想喝烏龍茶…
該怎麼說才好…啊啊
要趕快回答才行
呆了5秒鐘
結果
歐聯吉居死噗立死
每次都只能說這句的我…
還有10小時啊
啊對了
沙沙沙

漫長的飛航時間正是收集當地資訊的最後機會
讀取中
為了讓自己的「腦内電腦」多儲存一點資訊開始熟讀書籍
這間店好可愛～
啊這間也不錯！
可愛土產SHOP
可是——
海外各地的犯罪傾向與對策
體驗談
危險地區
旅遊糾紛
日本人的被害情況
偷竊
置不顧
情況1
A先生的證言
不知為何只顧著閱讀當地安全資訊（應該叫危險資訊）…明明是膽小鬼卻無法戰勝好奇心…
搶劫
以日本觀光客為目標的犯罪很多，請特別
強盜
偷竊
襲擊
恐怖活動
安眠藥
詐欺
恐嚇
緊張
緊張
腦内電腦即將當機！！
結果開始抱持跟旅行期待同等的不安…
看樣子絕對不能大意…
砰咚
然後連導覽書都沒看完開始呼呼大睡
智子…妳不是買了很多書嗎？
電源OFF!
Z—Z—Z—
各位旅客本機即將抵達希思羅機場

謝謝您的搭乘
比想像中更冷呢~
喂
每次都會遇見說這種話的人吧？
左腳左腳
遵守「踏上外國的第一步要從左腳」的自我主張（毫無根據）
Baggage Claim B
30 TOKYO JL-
領到行李為止都不能大意
不是這個
張望 張望
莫非被別人拿走了？
啊~終於來了~一路辛苦了♥
狂喜
一等到自己的行李就打從心底鬆一口氣!!
然後終於…旅行登場!!

海外旅行中的思考＆行動模式

總覺得異性看起來格外帥氣

呆—

特別容易懷疑別人（光從氣氛判斷）

前面那個人怪怪的！莫非是扒手？
總是手不離皮包

老是在意小費的事

昨天那間店的小費…好像太多了呢…!?
別再想了啦…

一番
旅行中我最注意的事情
那就是——
「如何避免因為觀光客身分而被對方瞧不起」
這個想法就很不自然
其實也只是若無其事地強調自己就像當地人一樣輕鬆自然！
Hi！
哈…哈囉
Menu
……超不自然……
避免因為觀光客身分被對方瞧不起的4個方法
2
1
4
3
導覽手冊要偷偷閱讀
還沒找到路嗎？
等一下…！
喂…
轉身
盡量穿得休閒一點
※希望散發習慣的氣氛。
我們是去喝下午茶…妳真的要穿這樣？
…不行？
骯髒
破爛
照片要偷偷拍
老是在偷拍…
可愛的小朋友喔！
颼
※自己的紀念照也是用迅雷不及掩耳的速度拍攝
表情故作開朗！
※不輸給當地人的誇張動作。假裝聽得懂對方說的話。
耶死！歐一耶一耶死！
真的懂嗎？
這些方法
大概都沒有效果…
反而更怪嗎？

今天我們各自自由活動吧？
啊 好像不錯呢！就這麼辦！
隨心所欲的單身之旅♡
跟當地人進行交流～!?
好像不錯呢～♡
妄想中的自己
那麼 我先走囉！智子要去哪？
就隨便逛逛囉～
隨心所欲嘛！
為了「隨便逛逛」進行事前調查（必須）
一呃
呃～目前地點是…
倫敦走透透
也得進行英語會話練習
Could you give me a discount？
（可以算我便宜一點嗎？）
記得但沒有勇氣使用的句子
好～出發吧！
一個人走在國外的我！好厲害！好厲害喲！
恭喜了智子!!
パーン
首先對自己如癡如醉

哇 好可愛的店！
we're open
Hi！ May I help you？
嗨… Hi! I'm just looking, thank you.
跟當地人對話的我！！
A-HA！ 歐—耶死
不知道在「YES」什麼
這個…
好像「世界體驗王」喔？異國的心靈交流！！
太誇張
一個人的時候就很容易大驚小怪
啊 好想試穿這一件～ 呃…
can I try this？
…(沒錯吧？)
I'm sorry pardon？ I couldn't hear you.
可是也很容易沮喪
啊…啊… nothing！
因為不好意思無法重複相同的話
唉
唉
我的發音很差嗎～

—不論如何購物終於結束了
真想再多買一些!
話說回來
東西越買越多,勇氣越大的只有我嗎?
吃飯吧!
先來喘口氣吧~
肚子也餓了
還是平民化的店比較好~
腦內電腦搜索中!
可以跟當地人溝通的店…
うーん
※導覽書到最後一刻絕不拿出來。
這種時候
變身!!
噹
徹底發揮我的動物第六感
野性模式
這裡有味道!!
應該遵循本能!!
我所追求的就是這裡!!
在國外一發現就感到安心的地點第一名!!
McDonald's
McDonald's
Big Tasty!
至少也算平民化…
這也算溝通?
…Hi!

明明是國外
總覺得很輕鬆呢～
↑麥當勞效果
仔細一看
番茄醬跟紙巾都是外國製！
感覺很可愛呢…
全部帶回去
製作回憶
插畫本吧！
窸窸窣窣
─結果在旅程間
收集了免費報紙
商店名片
咖啡廳的砂糖、杯墊等
CAFÉ AROMA
咖啡附贈的杯墊
Suger
砂糖
飯店的信紙組
※免費的東西統統不放過！
回國後
大概都
變成垃圾
嗚哇！蝦米!?
這個垃圾
哇─砂糖
漏出來了～！
※回憶插畫本也當然從未完成！
時間
差不多了
回
飯店去吧
我回來了
歡迎回來～
我也是
剛剛回來的喔～
我買了～
好多好多
東西喲
我也是耶～
對了！來交換
看戰利品吧！

好啊——!
我也很想看
加奈買的東西
窸窸窣窣
鏘鏘!
很溫暖的帽子
高級的蘇格蘭裙
Little Bear
許多可愛繪本
古董亞麻洋裝
哈利波特紀念品
有趣的眼罩
MIND THE GAP
王室戲謔T恤
其他紀念T恤
heat
oh!
英國演藝界八卦雜誌
金屬亮片帽子超華麗!
咦…莫非我買的淨是奇怪的東西…?
嗯…沒啦!沒那種事的!很像智子的風格很有趣喔!
完全沒有安慰效果…
哈哈哈哈…
加奈那件洋裝真可愛呢
而且是古董
這個呀~是二手衣店便宜賣給我的呢~
自暴自棄
驚
……便宜賣給妳~~!?
我們聊了一會兒對方就算我便宜只有一點點啦
…那是我感到徹底輸給朋友的瞬間…
我全部是定價…搞不好比定價貴!?

※ 最後沒吃完的羊羹
在X光檢查時!
黑壓壓的!
冒出來!!
那是?

Oh! It's a 羊羹! you know? Japanese Azuki! Sweet Cake! very good! THE 羊羹!
根本沒有懷疑
?
支離破碎…

膽小鬼的裝模作樣格言

膽小鬼，
未雨綢繆。
← 是故，
可以防患未然！

1個人的服裝秀

後記

「我其實是膽小鬼……」

聽我這麼一說，大部分的人都會驚訝地表示：「咦？一點都看不出來耶！」或許是因為我向來行動積極跟愛講話吧？可是，我真的是膽小鬼……

雖然說是膽小鬼，不過我並非「一邊拍打石橋一邊渡河」的正統型（？），而是「倘若煩惱該如何拍打石橋，事情根本沒完沒了，雖然很怕，還是一口氣衝過去吧」這種莽撞型。踏出第一步為止確實苦惱很久，然而一旦行動，就勇往直前。

我除了很容易忐忑不安、七上八下的「小心」性格之外，其實內部還有其他許多不同的習性。諸如：自信滿滿地沉著應付、無所畏懼地採取行動、竭力從事社交活動等等。

凡事想太多的「膽小鬼」性格，再加上「好！來吧！我一定沒問題！」這種幹勁十足（「妄想？」的情況也很多）的「裝模作樣」性格，才構成了「我」這個人。而這本《裝模作樣膽小鬼》，就是取自這樣的我的日常生活。

如果趕不上截稿日怎麼辦？如果出版取消怎麼辦？如果錯誤太多遭到讀者抗議怎麼辦……等等，繪製本書期間，內心充滿各種不安，甚至被惡夢驚醒也不是一、兩次的事情。

話雖如此，一想到正是因為每天都有許多身為膽小鬼才有的感受、發現、災禍，才可以畫出這本書，就（強勢地）感受到「膽小鬼也不壞嘛~~」。

今後也希望能繼續為芝麻小事忐忑不安、七上八下，開心享受每一天。

無論各位是不是好強膽小鬼，假使本書可以讓您捧腹大笑，在下就不勝欣喜。當然，更希望連膽小鬼率0%的朋友也能樂在其中。

最後，由衷感謝您連後記也不忘閱讀。（該不會根本沒人看吧……）

鈴木智子

Titan 019

裝模作樣
膽小鬼

鈴木智子◎圖文
常純敏◎譯

出版者：大田出版有限公司
台北市10445中山區中山北路二段26巷2號2樓
E-mail:titan3@ms22.hinet.net
http://www.titan3.com.tw
編輯部專線（02）25621383
傳眞（02）25818761
【如果您對本書或本出版公司有任何意見，歡迎來電】
行政院新聞局版台業字第397號
法律顧問：甘龍強律師

總編輯：莊培園（膽小鬼率30%）
副總編輯：蔡鳳儀（膽小鬼率90%）
編輯：林立文（膽小鬼率50%）
行銷企劃：林庭羽（膽小鬼率80%）
校對：謝惠鈴（膽小鬼率60%）／陳佩伶（膽小鬼率50%）
初版：2006年（民95）十一月三十日 定價：220 元
三刷：2013年（民102）七月二十日

印刷：上好印刷股份有限公司 電話（04）23150280
裝訂：東宏製本有限公司 電話（04）24522977

國際書碼：ISBN 978-986-179-027-5 / CIP: 861.6 / 95017693

強気な小心者ちゃん Tomoko Suzuki 2005
Originally published in Japan in 2005 by Media Factory Co., Ltd.
Chinese translation rights arranged through TOHAN CORPORATION, TOKYO.
Complex Chinese translation rights reserved by Titan publishing company , Ltd.

版權所有 翻印必究 如有破損或裝訂錯誤，請寄回本公司更換